统编版小学语文教材配套阅读丛书

世界神话传说

张水英◎主编

4年级（上）

四川人民出版社

图书在版编目（CIP）数据

世界神话传说 / 张水英主编. —成都：四川人民
出版社，2020.5
（统编版小学语文教材配套阅读丛书）
ISBN 978-7-220-11722-0

Ⅰ. ①世… Ⅱ. ①张… Ⅲ. ①神话－作品集－世界
Ⅳ. ①I17

中国版本图书馆 CIP 数据核字（2019）第 290099 号

SHIJIE SHENHUA CHUANSHUO

世界神话传说

张水英　主编

出　版　人	黄立新
策划组稿	张明辉
出版融合统筹	张明辉　袁　璐
责任编辑	张　丹
封面设计	象上设计
责任校对	吴　玥
责任印制	祝　健
出版发行	四川人民出版社（成都槐树街 2 号）
网　　址	http://www.scpph.com
E-mail	scrmcbs@sina.com
新浪微博	@四川人民出版社
微信公众号	四川人民出版社
发行部业务电话	（028）86259624　86259453
防盗版举报电话	（028）86259624
照　　排	四川胜翔数码印务设计有限公司
印　　刷	哈尔滨市石桥印务有限公司
成品尺寸	170mm×240mm
印　　张	10
字　　数	126 千
版　　次	2020 年 5 月第 1 版
印　　次	2020 年 5 月第 1 次印刷
书　　号	ISBN 978-7-220-11722-0
定　　价	22.80 元

为人类盗取天火的普罗米修斯被缚在高加索山，日复一日忍受着巨大的痛苦。

为了夺取金羊毛，伊阿宋不惧科尔喀斯国国王的刁难，勇斗喷火的公牛。

巨人盘古手撑天，脚踏地，立于天地之间一万八千年，直至天高不可及，地厚实无比。

菜豆男孩临危不乱，机智地对付可怕的魔鬼，救了伙伴，也救了自己。

仙女达佛涅为了躲避天神阿波罗的追赶，毅然化成了月桂树。

巨人奥琪因为好奇打开了篮子，放走了太阳鸟，由此造成了巨大的灾难。

序 言
Preface

　　一个民族的阅读史，也是一部民族精神和文化薪火相传的发展史。同样，一个人的精神面貌、思想深度以及发展潜力，也与阅读息息相关。作为曾经以活字印刷推动世界文明进程的东方古国，作为一直以深厚的文化底蕴影响世界的新兴强国，阅读是我们的底气所在。

　　"少年强则国强……少年雄于地球，则国雄于地球。" 对于肩负祖国未来希望，同时处于构建世界观、人生观以及价值观的关键时期的小学生而言，阅读更是一种培养健全人格、提升思维能力的重要途径。

　　想让小学生读有所获，不仅要提倡广泛阅读，更要根据小学生的实际情况精心选择书目，并且要引导小学生掌握科学的阅读方法，通过阅读撷取书中的精华，从而真正实现"开卷有益"。

　　基于上述认识，我们秉承"工匠精神"，在这套"统编版小学语文教材配套阅读丛书"的策划以及编写过程中，始终坚持以下几个原则：

一、紧扣统编版教材，精心选择书目

　　本系列图书以统编版教材中指定阅读和推荐阅读的书目为纲，围绕"素养、发展、能力"等多个核心，积极采纳知名教育专家建议，综合考虑小学生的身心成长规律，同时广泛征求常年在一线从事教学的名师意见，精心选择书目，让课堂内外的阅读教学相互交叉、渗透、融合，有效促进课内外阅读之间的互补互利。

二、因势利导，精心讲解阅读方法

好的阅读方法，能让阅读事半功倍。本书特别设立了阅读指导方案，从学生的实际情况出发，精心总结适合学生的阅读方法，不仅让学生读有所获，而且能够让学生形成良好的阅读习惯。

三、设置相关栏目，提升思维水平

每部经典书籍后面，都附有读书笔记和读后感以资学生借鉴模仿，在有效提升学生写作水平的同时，帮助学生把握书籍重点，明确阅读方向，进而因势利导、潜移默化地提升学生的思维水平及独立思考能力。

我们衷心希望，每个阅读这套丛书的孩子都能学会阅读，爱上阅读，并能养成一个终身受用的良好阅读习惯，为自己的人生奠定深厚的地基，建造属于自己的人生大厦！

编 者

统编版小学语文教材配套阅读丛书
❧ 阅读指导方案 ❧

　　一本好书，滋养一生。阅读会让孩子拥有丰富的心灵，拥有高级的快乐。如果孩子养成了阅读的好习惯，就更容易学会主动思考，更容易在学习中找到乐趣。阅读是对孩子自我提升的一种投资，对孩子来说可谓惠泽终身。

　　阅读并不难，关键是让孩子找到品质上乘、感兴趣的书。选择优秀的文学作品，掌握科学的阅读方法之后，阅读难题就迎刃而解了。

一

孩子如何去读一部作品

　　在阅读时，不少孩子会产生不知从何入手或者阅读之后没有收获的困扰。这些都是没有掌握阅读方法导致的。我们在阅读一部作品的时候，只有掌握了以下几个要点，才能实现快速、高效的阅读。

1.了解故事情节

　　阅读其实并不难。孩子展开一部作品的时候，其实就是在"听"作者讲述一个故事。孩子被故事情节所吸引的时候，就会主动跟随作者"走"进书中，一起感受主人公的喜怒哀乐。例如，孩子在阅读《女娲造人》这篇文章的时候，如果读到"女娲走在这片死气沉沉的大地上，心里感到非常寂寞"这一情节时，能够去思索"女娲会做些什么来打破寂寞？"……这就说明孩子已经具备了主动了解故事情节的意识。在这种探求欲的推动下，孩子就基本上学会了如何进行自主阅读。

2.了解人物

人物是故事的主体，因此了解人物，能够用自己的语言描述人物的性格，是学会阅读的一个飞跃。例如，读完《法厄同驾太阳马车》这个故事，如果孩子可以对其中的人物做出以下评价——法厄同狂妄自大、肆意妄为，这说明孩子不仅了解人物，而且能够用自己的语言来概括人物的性格。孩子只要掌握了这一招，阅读必然就会更加轻松、快乐，也会更加有收获，语文成绩也自然会相应提高。

3.把握关键情节

学会把握关键情节是一个孩子学会阅读的重要阶段。一个会读书的孩子，会把读过的故事讲给父母或朋友听，而且能讲得绘声绘色，详略得当。他为什么可以做到呢？因为他能够抓住重点，把握关键情节。关键情节一般是主人公生死攸关的重要事件，一件事成败的关键时刻，等等。例如，在阅读《丢失的神锤》时，洛基建议托尔假扮成芙蕾雅去找索列姆，这是整个故事发展的关键情节，这一情节提示孩子要把握之后的情节：托尔假扮成新娘来到霜巨人国，种种不同寻常的行为引来霜巨人的怀疑，最终抢回神锤砸死了霜巨人。学会把握关键情节不仅有利于加快孩子的阅读速度，而且能够让孩子在阅读中获得更多的心得。

为了让孩子迅速掌握以上阅读要点，我们在征求多位一线教学名师的意见之后，在书中做了以下辅助工作：

❶ 绘制精美插图

本系列丛书的插图风格各异，与书中的人物形象高度契合，可以引导学生直观地了解人物形象，更好地把握人物性格。

❷ 设置人物档案册

在本系列丛书中，我们专门为主人公设置了"人物档案册"，结合具体事例，将人物的性格特征凝练地概括出来。通过具体事例分析人物性格，是了解人物最基本、最有效的方法之一。如果孩子学会为故事的主人公做个记录，他一定会大有收获。

❸ 建立情节档案

为了帮助孩子把握关键情节，我们在书中设置了由"起因""经过""高潮""结局"等几个部分组成的"情节档案"。孩子如果能够学会整理情节档案，把以上几个部分用自己的思维"串"起来，就不难成为阅读小能手。

二
做读书笔记的必要性

很多孩子在阅读完经典著作之后，往往感到没有什么收获，这是因为在阅读的过程中，孩子们不知道阅读的重点，只顾看"热闹"，忘记了撷取精髓。

要想读有所获，一个很好的办法就是做"读书笔记"，这样可以引导孩子在阅读的过程中更加集中注意力，主动去思考，分析总结人物的性格特点，抓住阅读重点，了解主要内容，并读懂文章背后的深意，有所体悟，还可以引导孩子主动完成对语料的积累，将其运用到写作中去。

从以上几个要素入手，不仅能加强孩子对书籍内容的理解和记忆，掌握书中的精髓，还能提升其阅读与写作的能力。所谓"不动笔墨不读书"，讲的就是这个道理。

三

如何写出一篇优秀的读后感

很多孩子反映读书的过程虽然很有趣，但是写读后感却很"痛苦"。那么，怎样才能轻松地写出一篇优秀的读后感呢？

事实上，读后感就是对读书笔记的延伸和扩充。只要依照我们前文中提及的科学的阅读方法进行阅读，梳理总结阅读要点，在把握"人物""故事背景""关键情节""故事高潮""故事结局"这几部分主要内容的基础上，联系自己的生活实践，以正确的价值观为导向，抒发自己的真情实感，就可以轻松地写出一篇读后感来。

希望每个小学生在阅读实践中能够结合自己的情况运用好这套方案，多读书、读好书，用知识夯实人生的根基，用书本敲开未来的大门。

目录
CONTENTS

欧 洲

亚　洲

欧 洲

大洪水的传说

很久之前，众神之王宙斯听说人类有许多恶行，便决定亲自到人间去看一看。宙斯化作凡人来到人间，发现这里的罪恶比自己听说的还要多，情况十分严重。宙斯来到阿耳卡狄亚国，向国王吕卡翁和众人表明了自己的身份。吕卡翁是个残暴成性的人，他不但没有好好接待宙斯，还大肆嘲笑那些虔诚地向宙斯朝拜的人。为了检验宙斯是否真的是天神，吕卡翁杀死了一个战俘，把煮熟的人肉送给宙斯吃。宙斯早就看穿了吕卡翁的阴谋，他愤怒地把吕卡翁变成了一只恶狼，让他永世不能再为人。

回到奥林匹斯山后，宙斯认为这一代人类对诸神不敬，应该受到严厉的惩罚，于是决定用暴雨引发大洪水来彻底毁灭人类。一时之间，倾盆暴雨从天而降，滔天的洪水呼啸而来。

宙斯的弟弟——海神波塞冬也匆匆赶来助阵。波塞冬将江河湖海都召集起来，下令用大洪水将大地摧毁。洪水冲毁了房屋，淹没了农田，卷走了牲畜，破坏了城市……整个大地都变成了一片汪洋。大部分人在洪水中葬送了性命，一小部分人缩在一只只简陋的小船上，迎着暴风雨，在无边无际的汪洋中飘摇。他们哀号着，祈祷着，可是洪水还是毫不留情地掀翻了他们的小船，将他们吞噬。

在这场前所未有的大洪灾中，只有两个人活了下来——丢卡利翁和他的妻子皮拉。丢卡利翁是普罗米修斯的儿子，皮拉是普罗米修斯的弟弟厄庇米修斯和潘多拉的女儿，也是丢卡利翁的堂妹。在很久之前，普罗米修斯就提醒儿子造一艘坚固的大船，以备不时之需。因此，当洪灾到来时，丢卡利翁和皮拉躲进了大船里，在洪水中侥幸活了下来。暴雨整整下了九天九夜，丢卡利翁的大船在风雨中漂荡了九天九夜。到了第十天，宙斯的怒火终于平息了，他命令北风之神玻瑞阿斯吹走了乌云，赶走了暴雨，又让海神波塞冬退了洪水。

洪水终于消退了，大地恢复了平静，载着丢卡利翁和皮拉的大船停在了巴那塞斯的山顶上。丢卡利翁和皮拉环顾四周，只见一片荒芜，他们孤零零地站在山顶上，不知道该何去何从。丢卡利翁想要重新创造人类，让大地恢复生机，于是，他和皮拉跪在荒废的圣坛前，给正义女神忒弥斯做了简单的献祭后，向她祈祷道："之前的人类已经灭绝，女神哪，请你告诉我们该如何创造出新的人类吧！"

正义女神答道："你们的想法让人钦佩，我真心希望你们能如愿以偿，现在请把你们母亲的骸骨扔到身后去吧！"

一开始，丢卡利翁和皮拉十分不解，不明白忒弥斯这句话的真正含义。但是很快，聪明的丢卡利翁就悟出了其中的奥秘，原来神谕中的"母亲"指的是地母盖娅，母亲的骸骨就是指大地上的石头。丢卡利翁和皮拉各自捡起一块石头，向自己身后扔去。

神奇的事情发生了，石头一落到地上，就变成了有血有肉的人。石头变成了人的骨骼，石头上的泥土变成了人的肌肉，石头上的纹路变成了人皮肤的纹理。丢卡利翁和皮拉兴奋极了，他们不停地捡起石头向身后扔去。丢卡利翁扔出的石头变成了男人，皮拉扔出的石头变成了女人，越来越多的人被创造了出来，大地恢复了生机。

后来，丢卡利翁和妻子皮拉修建了宙斯神庙，用来祭拜天神领袖宙斯，他们成了古希腊第一批修建神庙的人。因为丢卡利翁和妻子皮拉在大洪水后重新创造了人类，古希腊的人民永远都对他们心怀敬仰。

阅 读 心 得

在大洪灾中，早有准备的丢卡利翁和妻子皮拉活了下来，他们在洪灾后积极想办法，重新创造了人类。这个故事告诉我们要居安思危，只有平时做好准备，在面对危险和困难时才能从容不迫。困难发生后，不要轻言放弃，不要丧失信心，要有重新再来的决心和意志。

被缚的普罗米修斯

　　普罗米修斯诞生于天地初生之时，他是天父乌拉诺斯和地母盖娅的孙子，他的父亲是被宙斯放逐的巨人提坦神伊阿佩托斯。那时的天上有自由飞翔的鸟，大地上有肆意奔跑的动物，也有广袤无垠的大海，但是整个世界却显得十分单调。普罗米修斯从肥沃的土地上挖了一些泥土，用河水将土和成泥，又按照神的样子捏出了人形，同时，他又从各种动物中摄取了不同的品质，比如狮子的勇猛、狗的忠诚、狐狸的狡猾、兔子的胆怯等。他把这些品质糅合在一起，往每个泥人的身体中注入属于他的那一部分。这样一来，他们便可以像动物一样活动了。但是他们还只是具有一半生命的人，因为他们还缺少创造他们的神的灵气。此时，智慧女神雅典娜把具有活力的神的气息吹进了他们口中，于是他们便有了灵魂，成了真正的人类。

　　人类诞生之初，不知道该如何运用自己的四肢和头脑在自然界中生存，只是在大地上漫无目的地游走，过着浑浑噩噩的生活。于是，普罗米修斯又教人类如何根据日月星辰运行的规律来计算时间，教他们用语言和文字来表达自己的想法，教他们驯服动物、建造房屋、治疗疾病、勘探矿产……总之，普罗米修斯尽自己最大的努力使人类的生活变得更加美好。

新天神宙斯想要统治普罗米修斯创造的人类，他命令人类向他献祭，作为他保护人类的报酬。这对于人类来说十分苛刻，刚刚学会驯养牲畜的人类根本拿不出多少祭品来。为了帮助人类，普罗米修斯想了个办法。他宰了一头大公牛，把它分成了两份：一份是牛肉、内脏和脂肪，用牛皮盖得严严实实，上头再放上宙斯不喜欢的牛胃；另一份则全是牛骨头，上面堆了一层宙斯喜欢的网油，看着比前一份多不少。

之后，普罗米修斯让宙斯挑一份自己喜欢的。宙斯识破了普罗米修斯的诡计，他愤怒地说："看来伊阿佩托斯的儿子还没有忘记这些骗人的伎俩！"宙斯决定惩罚人类和普罗米修斯，他拒绝向人类提供实现文明所需的最后一物——火。然而，这根本难不倒聪明的普罗米修斯，他拿了一根长长的茴香枝，把它伸到了太阳神阿波罗驾驶的太阳车的熊熊火焰中，用天火点燃了茴香枝，再把这火种带到大地上，将光明和温暖带给了人类。

宙斯见普罗米修斯盗取了火种，十分生气，他决定报复人类。宙斯命令火神赫菲斯托斯用黏土造出来一个美丽的少女——潘多拉，并让众神赋予她无与伦比的魅力，然后把她送给了普罗米修斯的弟弟厄庇米修斯。普罗米修斯曾数次告诉弟弟不要接受宙斯的礼物，但是厄庇米修斯却被潘多拉迷住了，他不顾哥哥的叮嘱，娶了潘多拉。宙斯曾经送给潘多拉一个神秘的盒子，好奇的潘多拉打开了盒子，刹那间，所有的灾难和病害全都从盒子里飞了出来，飞到了人间的每一个角落。从此，人间出现了无穷无尽的灾难。盒子底部还留着一个美好的东西，那就是希望。可是它还没来得及飞出来，潘多拉就盖上了盒盖。

宙斯也没有放过普罗米修斯，他命令火神用坚固的锁链把普罗米修斯绑在高加索山脉的一块陡峭的岩石上，又把金刚石做的钉子钉在了他的胸口上，让他永远不能入睡。白天还有一只凶狠的神鹰飞来啄开普罗米修斯的胸脯，叼走他的肝脏。晚上普罗米修斯又会长出新的肝脏，皮肤会愈合。然而第二天，饥饿的神鹰会再次啄食他的肝脏，带给他新的痛苦。就这样，普罗米修斯日复一日地忍受着难以想象的痛苦，遭受着无穷无尽的折磨。

许多年以后，宙斯的一个儿子赫拉克勒斯在寻找金苹果时看到了正在受苦的普罗米修斯，他十分同情和佩服这位大英雄，于是用箭射死了啄食普罗米修斯肝脏的神鹰，砸碎了锁链，救下了普罗米修斯。

宙斯得知这件事之后勃然大怒。为了平息宙斯的怒气，赫拉克勒斯让半人半马的喀戎代替普罗米修斯受难。喀戎心甘情愿地献出永生的权利，解救了普罗米修斯。最后，宙斯命令普罗米修斯必须永远戴着一个铁环，环上镶嵌一块高加索山脉的石头，象征着他永远都在受难。

阅 读 心 得

　　普罗米修斯为了帮助人类获得火种，实现文明，不惜冒犯天神领袖宙斯，勇敢地盗取火种，就算遭到宙斯的惩罚，他也无怨无悔。普罗米修斯不畏强暴、不怕牺牲的精神值得我们学习。

希腊神话中的诸神

　　奥林匹斯山是希腊最高的山，也被叫作"神之山"，相传希腊第三代众神就居住在那里。据说那里是世界最美之地：四季如春，百花争艳，蜂飞蝶舞，鸟鸣啾啾。奥林匹斯山上住着十二位主神，他们有着不同的神力和职责。

　　宙斯是十二主神之首，掌管着宇宙万物，能用可怕的雷电来惩罚神与人。宙斯是提坦神族第二代神王克洛诺斯的儿子。克洛诺斯推翻了父亲——第一代神王天空之神乌拉诺斯而当上了神王，当时愤怒的乌拉诺斯预言克洛诺斯也会被自己的儿子推翻，因此每当有新的孩子出生，克洛诺斯就会将其吞掉。宙斯出生后，母亲瑞娅把一块石头装扮成婴儿的样子，骗克洛诺斯吞下，救了宙斯的性命。宙斯长大后，用计谋骗父亲喝下了药，让他吐出了自己的兄弟姐妹。后来，宙斯带领着兄弟姐妹打败了父亲克洛诺斯，成了奥林匹斯山的众神之王。

　　宙斯的妻子——第三代天后赫拉是宙斯的姐姐，她主管婚姻和生育，是女子的保护神。

　　海神波塞冬是宙斯的弟弟，他统领着海洋和所有海洋生物。一旦有海怪作乱，波塞冬就会拿着三叉戟将其杀死。

赫斯提是宙斯的大姐，也是火焰女神和灶神，她掌管着人类的家事，是家宅的保护神。

农业和丰收女神得墨忒耳是宙斯的二姐，她掌管着土地和农田，教会了人类耕种的方法。

战神阿瑞斯是宙斯的儿子，他掌管着战争和战场，总是带来争斗和恐惧。

智慧女神雅典娜是宙斯的女儿，她将绘画、音乐和雕塑传授给了人类，为人间带来了美和艺术。

太阳神阿波罗是宙斯的儿子，他主管光明、医药、诗歌、音乐等，是人类的保护神。

狩猎女神阿耳忒弥斯是宙斯的女儿，她掌管着地上所有的荒野和野兽。

阿佛洛狄忒是爱与美之神，她诞生于海洋，有着迷人的外表。

赫菲斯托斯是火与工匠之神，他负责为众神打造兵器，宙斯的闪电长矛和波塞冬的三叉戟都是他打造的。

赫耳墨斯是商业之神，也是众神的使者，相传他发明了数字、字母等。

在奥林匹斯山上，十二主神都有自己的宫殿，其中最豪华的就是众神之王宙斯的宫殿。当清晨来临时，曙光女神奥罗拉就会将天门打开，放出太阳光。众神迎着第一缕阳光来到宙斯的神殿，一起度过快乐的时光。宙斯用美酒和美味佳肴招待众神，他们兴致勃勃地谈论天地间的事，一同治理世界。有时候，英俊的阿波罗会拿出自己的竖琴，奏出悠扬的音乐。高兴时，众神还会随着音乐声翩翩起舞。当夜幕降临时，黑夜女神诺克斯会点亮天上的繁星，众神才依依不舍地离开宙斯的宫殿，回到自己的宫殿中去。

除了十二主神，奥林匹斯山上还有许多神祇，他们帮助十二主神一同管理着世界。忒弥斯是正义女神，她帮助宙斯管理宇宙的治安。彩虹女神伊里斯长着一对翅膀，她负责为众神报信。当宙斯有新的决策时，伊里斯就会把消息传递给其他神，有时候她也会帮助宙斯向人类传递信息。时光三女神掌管着奥林匹斯山的天门，每天早上，她们会打开天门，为阿波罗准备好太阳马车；傍晚，当狩猎女神阿耳忒弥斯打猎归来后，她们会关上天门，用乌云将神界锁住。此外还有河川神、森林神、海洋神、山神以及其他各种把世界变得富有生气的神祇。

阅 读 心 得

奥林匹斯山的十二主神各司其职，将世界管理得井井有条。每个人都有自己的职责，如果每个人都做好自己职责范围内应该做的事，世界将会变得更加井然有序。

微信添加伴读助手
获取寓言故事
提升阅读解题能力
微信添加指南详见本书封二

夺取金羊毛

埃宋是忒萨利亚王国的国王，他生性善良，对百姓非常和善，深受百姓的爱戴。后来，埃宋的弟弟珀利阿斯用阴谋夺走了王位，毫不留情地把埃宋一家逐出了城。埃宋只得带着小儿子伊阿宋到处流浪，四海为家。

在流浪途中，埃宋和伊阿宋遇上了半人半马的喀戎。喀戎智慧超群，精通医术，善于狩猎，为人和善，还有一身精湛的武艺，许多举世闻名的大英雄都是他的学生。喀戎见伊阿宋天资聪颖，气质超凡，便收他做了学生，在珀利翁山上的一个岩洞里悉心教导他。伊阿宋跟着喀戎整整学习了二十年，终于从一个懵懂的少年成长为一个英勇无畏、志向远大的英俊小伙子。

伊阿宋重新回到了家乡，打算找珀利阿斯夺回王位。此时，珀利阿斯年事已高，他看着眼前这个英姿勃发的小伙子，心中生出了恐惧之意。为了赶走伊阿宋，珀利阿斯想出了一个毒计，他对伊阿宋说："只要你能替我拿到金羊毛，我就把王位还给你。"

金羊毛是古希腊的稀世珍宝，它被藏在科尔喀斯国的圣林中，负责看守它的是一条会喷火的巨龙。要在巨龙的眼皮底下夺走金羊毛几乎是不可能的，很多英雄豪杰都在抢夺金羊毛的过程中送了性命。

伊阿宋明知道珀利阿斯是在故意刁难自己，但他还是毫不犹豫地说："一言为定，我拿到金羊毛的那一天，就是你归还王位之日。"

为了成功夺取金羊毛，伊阿宋叫了许多朋友来帮忙，这些朋友个个身怀绝技，他们决定齐心协力完成任务。在天后赫拉的帮助下，伊阿宋得到了永远不会腐烂的"阿耳戈"号大船，他带着其他英雄一起乘船出发了。

伊阿宋一行人经历了无数艰难险阻后终于到达了科尔喀斯国。他们首先找到了科尔喀斯的国王，向他说明了来意。国王听后哈哈大笑，他说："你可以去取金羊毛，但有个条件，你必须将两头长着铜蹄、鼻孔喷火的公牛套上耕地，并且把巨龙的牙齿种到地里。龙牙种到地里后会长出一队全副武装的勇士，他们会用利刃来对付播种的人。如果你觉得能够驯服我那神牛，那就试一试吧。不过我劝你还是不要白费力气了，已经有数不清的英雄败给它们了。"

伊阿宋丝毫没有退缩，他自信满满地说："我相信我一定能成功！"

科尔喀斯的国王有一个叫美狄亚的小女儿，她被伊阿宋的勇气和自信吸引，决定不惜一切代价，帮助这个英俊的年轻人。夜里，美狄亚偷偷把能够增长力量的神药送给了伊阿宋，并告诉他制服勇士的方法。

第二天，伊阿宋全身涂满了美狄亚送来的神药。他浑身充满力量，迫不及待地要和神牛一战。神牛喷出火焰，冲伊阿宋冲了过来，伊阿宋毫不畏惧地迎了上去。全身涂满神药的伊阿宋不会被神牛的火焰伤到分毫。他灵巧地在神牛间辗转挪移，找准机会一把抓住神牛的角，制服了神牛，就势将挽具套了上去，牵着它们犁起地来。伊阿宋播下龙牙不久，一队全副武装的勇士就冒出了地面，随即挥动着刀剑冲了过来。美狄亚见状，偷偷施法，勇士们突然倒戈互相厮杀起来，转眼间勇士们竟荡然无存。科尔喀斯的国王见伊阿宋轻轻松松就打倒了神牛和勇士，怒气冲冲地离开了。

　　为了避免夜长梦多，伊阿宋决定当天晚上就去夺取金羊毛。他让其他人去做返航的准备工作，自己则在美狄亚的带领下抄近路前往，很快就到了悬挂着金羊毛的橡树下。警惕的巨龙听见有声音，立刻竖起耳朵，睁大眼睛，发出了可怕的嘶嘶声。美狄亚勇敢地走上前去，用甜美的声音唱起了动听的催眠曲，巨龙在美狄亚的歌声中渐渐瘫软下来。美狄亚一边念咒语，一边将一种神奇的药膏涂进巨龙的眼睛，巨龙终于闭上了血盆大口，昏昏沉沉地睡着了。伊阿宋瞅准机会，爬上橡树，一把夺过像闪电一样耀眼的金羊毛，带着美狄亚飞快离开了。

阅读心得

　　在夺取金羊毛的过程中，勇气、自信、能力、智慧以及朋友的帮助缺一不可。在面对强大的敌人时，伊阿宋没有一味使用武力，而是运用智慧，避免了和巨龙直接交手，巧妙地拿到了金羊毛。在遇到困难时，我们要向伊阿宋学习，运用智慧和勇气克服困难。

情 节 档 案

起因：埃宋的弟弟珀利阿斯用阴谋夺走了王位，埃宋的儿子伊阿宋为了夺回王位，决定冒险去夺取金羊毛。

经过：伊阿宋带着众多英雄历尽艰险来到科尔喀斯王国，国王为难伊阿宋，让他先制服神牛和种下龙牙长出的全副武装的勇士。在美狄亚的帮助下，他制服了神牛和勇士，得到了夺取金羊毛的机会。

高潮：伊阿宋决定一鼓作气夺取金羊毛，美狄亚先用歌声催眠看守金羊毛的巨龙，使巨龙瘫软下来，又将药膏涂进巨龙的眼睛，使巨龙酣睡。伊阿宋成功夺取金羊毛。

结局：伊阿宋得到了金羊毛，带着美狄亚迅速离开了科尔喀斯王国。

大熊星座和小熊星座

天空中有两个著名的星座——大熊星座和小熊星座，关于它们的由来，还有一个有趣的传说。

卡里斯托是狩猎女神阿耳忒弥斯的女仆，她既漂亮又善良，深受大家的喜爱。每当阿耳忒弥斯外出狩猎时，卡里斯托都会全副武装，带着弓箭，紧跟在阿耳忒弥斯身后。她身手矫捷、行动迅速、勇敢能干，是阿耳忒弥斯最信赖的助手。

有一次，卡里斯托因追逐野兽来到一片森林中，她实在是太累了，就躺在林间空地上睡着了。天上的宙斯看到了卡里斯托睡觉的样子，被这个睡美人吸引，不由自主地来到了她的身边，轻轻地抱住了卡里斯托。卡里斯托惊醒了，她发现自己被宙斯抱在怀里，吓得一下子跳了起来，迅速逃走了。

宙斯回去后，整天茶不思饭不想，满脑子都是卡里斯托美丽的容颜。于是，宙斯变作阿耳忒弥斯的样子，再次来到卡里斯托的身边。卡里斯托看见自己的主人，十分高兴，急忙迎了上去。宙斯伸出手，将卡里斯托紧紧地抱在了怀里，等卡里斯托发现事情不对时，已经无力挣脱了。

过了一段时间，卡里斯托发现自己怀孕了。阿耳忒弥斯知道这件事后十分生气，她把卡里斯托赶出了宫殿，让她自生自灭。无家可归的卡里斯托只得在森林里盖了个茅草屋，独自一人在森林中生活。过了一段时间，卡里斯托生出了一个健康可爱的男孩子，她给他取名阿卡斯。

世上没有不透风的墙，很快，这件事就传到了天后赫拉的耳朵里。高傲又善妒的赫拉找到卡里斯托，愤怒地说："你的美貌诱惑了神王，现在我要毁掉它！"

赫拉施展法术，把卡里斯托变成了一只大母熊：她曼妙的身躯变成了笨重的熊身，纤细的四肢变成了粗壮的熊腿，全身都覆盖着厚厚的毛，白嫩的手变成了熊掌，还长出了尖利的爪子。卡里斯托难过至极，不停地发出哀嚎。她独自在幽暗的森林里游荡，多次被猎人的猎犬惊得四处逃窜。她虽然幻化成熊，却不敢与熊为伍。她害怕野兽，也害怕见人，多年来一直过着担惊受怕、孤孤单单的日子。

一转眼十五年过去了。阿卡斯长成了一个英俊的小伙子。阿卡斯既聪明又勇敢，和他的母亲一样，是一个狩猎能手。一天，卡里斯托遇上了正在狩猎的阿卡斯，她一下子认出了自己的儿子。卡里斯托忘记自己已经变成了熊，她不由自主地朝他走去，想要抱抱自己的骨肉。阿卡斯见一只大熊朝自己走过来，以为它想要把自己吃掉，于是举起手中的长矛，冲着大熊狠狠地刺了过去。

就在这千钧一发的时刻，在天上巡行的宙斯看到了这一幕，他实在不忍心看这对母子自相残杀，就施展法术，把阿卡斯变成了一只小熊，然后现身说明了原委。变成小熊的阿卡斯认出了自己的母亲，他激动地冲了过去，一把抱住母亲，母子俩紧紧地抱在了一起。宙斯为了保护卡里斯托和阿卡斯，就把他们升到天界变成了我们熟悉的大熊星座和小熊星座。

赫拉听说这件事后十分气愤，跑去向诸神哭诉，让大家替自己评理。为了平息赫拉的怒气，诸神让大熊星座和小熊星座永远都在天上旋转，不能像其他星座一样东升西落。一直到今天，大熊星座和小熊星座还在天上旋转，散发出耀眼的光芒。

阅 读 心 得

　　母爱是人类最伟大的情感之一，卡里斯托变成了熊，十几年没有见过自己的儿子，无法陪伴儿子成长，但是她却能在见面的瞬间认出自己的儿子。母亲的爱可能无声，却永远存在，即使分隔再久也割舍不断。

阿波罗与达佛涅

　　阿波罗是宙斯和黑暗女神勒托的孩子。在阿波罗出生前，天后赫拉出于嫉妒赶走了他的母亲勒托，让她无处分娩。勒托找了九天九夜，终于找到了一座浮岛，在这里生下了阿波罗。

　　阿波罗一出生，就发出了万丈光芒，这光芒甚至惊动了天上的女神。正义女神听说阿波罗出生的消息后，亲自来到浮岛上，为阿波罗送上了祝福的仙酒。喝了仙酒的阿波罗一下子就从只会哇哇大哭的婴儿变成了相貌堂堂的小伙子。勒托为自己的儿子感到骄傲，她相信儿子今后一定会成就一番大事业。

　　阿波罗长大后，想要修建自己的庙宇。他找了许久，终于在克利撒镇的一座高山上找到了一块既平坦又宽敞的巨大岩石。阿波罗见这里有山有水，风景优美，气候宜人，就想要把庙宇建在这里。阿波罗兴冲冲地爬上了岩石，发现在岩石中央有一条裂缝，一股清泉从缝隙中流淌而出，一种奇异的香味从缝隙中散发出来。裂缝的旁边还卧着一条大蛇，大蛇一看见阿波罗就张开了嘴巴，冲他喷出了难闻的毒气。阿波罗急忙退到一边，拿起弓箭，瞄准大蛇射了过去。大蛇中箭后挣扎了几下就倒地身亡了，它的鲜血溅到了阿波罗的身上。

打死大蛇后，阿波罗在岩石上建起了自己的第一座庙宇，他想要找些人来做庙宇的侍者和祭司，但是找遍了周围的村落也没看见一个人。原来这附近的庄稼和牲畜都被大蛇吃掉了，人们无法生存，只好搬走了。于是，阿波罗变成了一只海豚，在大海中引导一艘船来到了这里，让船上的人做庙宇里的侍者和祭司。

这时，阿波罗发现杀死大蛇时溅在身上的血迹怎么也清洗不掉。有天神告诉他这大蛇是个蛇妖，要想除去它的血迹就必须到忒萨利亚王国为国王服务两年。在忒萨利亚王国，阿波罗帮国王完成了许多任务，得到了国王的信任。闲暇时，他会拿出自己的竖琴弹奏一番，优美的琴声总会引来许多动物。动物们围在阿波罗周围，静静地欣赏着他的琴声。阿波罗在这里生活得十分快乐。

后来，因为阿波罗射杀了宙斯身边的独眼巨人，宙斯宣布将阿波罗逐出天国数年。一天，被逐出天国的阿波罗遇上了小爱神厄洛斯。厄洛斯总是背着一个箭袋，袋子里有一支铅做的箭和一支金子做的箭。若是谁中了金子做的箭，心中就会燃起爱情之火；若是谁中了铅做的箭，就会变得铁石心肠，很难被爱情打动。阿波罗见厄洛斯的箭又小又短，就嘲笑起他来。为了让阿波罗见识见识自己的厉害，厄洛斯用金子做的箭射中了阿波罗，又把铅做的箭射到了仙女达佛涅的身上。

中了爱神之箭的阿波罗开始变得烦躁不安，他心中涌起了一种说不清道不明的情感。在爱神的引导下，阿波罗看见了仙女达佛涅，他深深地喜欢上了这个美丽的女子。但是中了铅箭的达佛涅却对阿波罗毫无兴趣，她一看见阿波罗就远远地躲开，不想跟他多说一句话。阿波罗跟在达佛涅身后，一边追一边说："你为什么要躲开我呢？我是阿波罗，我不会伤害你的。"达佛涅依然一言不发，只是拼命向前跑。阿波罗施展神力，很快就追上了达佛涅。他伸手想要拉住达佛涅，但是不想让阿波罗碰到自己的达佛涅却变成了一棵月桂树，她柔软的皮肤变成了粗糙的树皮，她美丽的脸庞隐藏在浓密的树叶间。

阿波罗紧紧地抱住了达佛涅变成的月桂树，对着它倾诉自己的衷肠。最后，阿波罗说："亲爱的达佛涅，既然你变成了月桂树，今后我就要用月桂树的枝叶来装饰我的武器、我的头发和我的衣服。"从此之后，阿波罗的身上总是带着月桂树做的装饰品。

阅读心得

勇敢的阿波罗打死了大蛇，建立了自己的庙宇。因为他看不起厄洛斯，厄洛斯就戏弄了他，让他永远得不到自己爱的人。每个人都有自己的优点和缺点，阿波罗的勇敢值得我们学习，同时，我们也要吸取他的教训，不能嘲笑别人。

人物档案册

人物：阿波罗

性格1：机智勇敢，坚持不懈

在寻找建庙宇的地点时，阿波罗遇上了大蛇，但没有被大蛇吓退，而是勇敢地用弓箭射死了大蛇。为了除去溅到身上的大蛇的血迹，阿波罗坚持为忒萨利亚国的国王服务，得到了国王的信任。在喜欢上达佛涅后，阿波罗也坚持不懈地追求她。

性格2：以貌取人，目中无人

阿波罗看见厄洛斯的箭短小，就认为他没有本事，还因此嘲笑他，以致被厄洛斯用爱神之箭戏弄，爱上了永远不会爱上自己的达佛涅。

人物：厄洛斯

性格：有仇必报

在被阿波罗嘲笑后，厄洛斯用爱神之箭射中了阿波罗，让他爱上了达佛涅。他又用铅箭射中了达佛涅，让她不会被阿波罗的爱情打动。厄洛斯用自己特有的方式报复了看不起自己的阿波罗。

爱与美之神阿佛洛狄忒

　　很久以前，有一个美丽而巨大的贝壳在海浪中漂荡了很久，当它随着海浪来到塞浦路斯岛上时，一个浑身洁白、身材曼妙的美丽女子从贝壳中走了出来。她每向前走一步，身后的脚印里就会长出漂亮的鲜花。这个从贝壳中诞生的美丽女子就是阿佛洛狄忒。

　　阿佛洛狄忒出生后，时光女神将金色的头饰、金色的耳环和一条白色的项链送给了她。在这些首饰的衬托下，阿佛洛狄忒看上去更加迷人了。随后，四季女神为阿佛洛狄忒送来了一辆由鸽子驾驶的车，阿佛洛狄忒乘坐这辆车来到了众神所在的奥林匹斯山。阿佛洛狄忒的美丽震惊了众神，许多神都对她倾慕不已，这让天后赫拉和智慧女神雅典娜嫉妒不已。

　　有一天，阿佛洛狄忒和众神一起出席了阿耳戈英雄珀琉斯与海洋女神忒提斯的婚宴。宴会上，掌管纷争的女神厄里斯拿出一个刻着"最美丽女神"字样的金苹果，要将它送给最美丽的女神。天后赫拉说："这个苹果非我莫属，这天上地下最美丽的女神都应该是我。"智慧女神雅典娜也不甘示弱，她说："依我看，这苹果应该属于我。"爱与美之神阿佛洛狄忒也说："众所周知，我才是最美丽的女神。"众神没有办法抉择到底谁才

是最美丽的女神，就让宙斯前来决断。宙斯左右为难，也没有办法决断，就把这个任务交给了一个叫帕里斯的年轻牧羊人。

帕里斯拿着金苹果，看着眼前这三个花容月貌，各有千秋的女神，始终没有办法抉择。这时，阿佛洛狄忒偷偷对帕里斯说："只要你把金苹果给我，我就会让人间最美丽的女人海伦做你的妻子。"帕里斯听了阿佛洛狄忒的话，毫不犹豫地把金苹果递给了阿佛洛狄忒。从此以后，阿佛洛狄忒成了奥林匹斯山上名正言顺的最美丽的女神。

有一次，阿佛洛狄忒遇上了一个叫阿多尼斯的男子，她深深地喜欢上了他。阿多尼斯是远近闻名的美男子，也是许多女子的心上人。但是阿多尼斯却对任何一个女子都不感兴趣，他最喜欢的事就是拿着武器在林中捕猎。阿佛洛狄忒喜欢上阿多尼斯后，想方设法同他接近，但是阿多尼斯却连看也不愿意多看阿佛洛狄忒一眼。

阿佛洛狄忒没有放弃，她离开了自己的宫殿，把自己装扮成一个女猎手的样子，跟在阿多尼斯身后，和他一起捕猎。但即使这样，阿多尼斯也没有喜欢上阿佛洛狄忒，他劝她放弃。阿佛洛狄忒对阿多尼斯说："我有一种预感，你不久之后可能会遭遇不测，所以你最好还是把我带在身边吧。"阿多尼斯说："美丽的女神，我很尊敬你，但是还是请你离开吧。无论如何，我都不可能爱上你的。"阿佛洛狄忒叹了口气，决定离开。在离开之前，她劝阿多尼斯不要再捕猎了，否则可能会遇到灾难，但是阿多尼斯根本没有把阿佛洛狄忒的话放在心上。

阿佛洛狄忒刚离开，阿多尼斯就遇上了一只大野猪，他赶紧追过去，把自己的武器扔向了野猪。受伤的野猪发疯般地冲阿多尼斯跑了过来，刺穿了他的胸部，把他刺死了。阿佛洛狄忒听说阿多尼斯去世的消息后，伤心地来到了森林中。她把葡萄酒洒在了阿多尼斯的鲜血上，把它变成了秋牡丹。

悲恸欲绝的阿佛洛狄忒找到了宙斯，请求他复活阿多尼斯，但是宙斯却不肯答应。最后，宙斯允许已入冥国的阿多尼斯每年中有几个月可以回到大地上。后来阿多尼斯成了司掌春季植物的神灵，每年死而复生，永远年轻，容颜不老。

阅读心得

阿佛洛狄忒得到了象征最美丽女神的金苹果，成了最美丽的女神，她征服了许多人的心，但是阿多尼斯却始终对她不感兴趣。这个故事告诉我们，没有人是全能的，即使是最厉害的人也有自己做不到的事。

三只金苹果的故事

阿卡狄亚的国王伊阿索斯一直想生一个儿子继承王位，当阿卡兰忒这个公主出生后，国王很失望，派人把她扔到了野外。幸运的是，一只正在寻找自己孩子的母熊发现了被遗弃的阿卡兰忒，它把这个小婴儿叼回了熊洞中，用自己的乳汁哺育她，救了她的性命。

在母熊的照料下，阿卡兰忒一天天长大了，她长成了一个健康勇敢的少女。常年风吹日晒使她的皮肤变得黝黑，但是这并不能掩盖她的美丽，她看上去就像森林中的月亮女神一样漂亮。阿卡兰忒在森林里生活得十分幸福，她最喜欢和擅长的事就是打猎。长期狩猎使她练就了一身本领，也拥有了坚毅的性格。

有一次，阿卡兰忒在森林里遇到了两个人头马身的妖怪。这两个妖怪被阿卡兰忒迷住了，他们想要合力把阿卡兰忒抢回去做妻子。但是还没等他们动手，阿卡兰忒就发现了他们的阴谋。她不慌不忙地拿起弓箭，一下子就把两个妖怪射死了。还有一次，阿卡兰忒参加珀利阿斯的儿子为了纪念父亲而举办的比武大赛。在比赛中，她打败了著名的英雄珀琉斯，成了举世闻名的女英雄。

阿卡兰忒的名声很快就传到了她父亲的耳朵里，伊阿索斯有些后悔，便派人去接阿卡兰忒。得知自己的身世后，善良的阿卡兰忒没有记恨自己的父母。她回到了阿卡狄亚，和父母生活在了一起。伊阿索斯一直想要给阿卡兰忒找一个好夫婿，可是阿卡兰忒却对这件事并不热心。为了摆脱络绎不绝的求婚者，阿卡兰忒想了个好办法，她对父亲说："只有在赛跑中赢了我的人才有资格娶我。"这下伊阿索斯犯了愁，他知道阿卡兰忒的奔跑速度无人能及，要去哪儿找能够跑赢她的人呢？

为了替阿卡兰忒找到合适的夫婿，伊阿索斯把她的条件公布于天下，许多年轻人都慕名而来，想要和阿卡兰忒赛跑。为了让这些人知难而退，阿卡兰忒定下了更加苛刻的条件：若是不能跑赢她，那么参加赛跑的求婚者就会被处死。但即使这样，还是有很多人被阿卡兰忒的美貌吸引，愿意冒着生命危险来尝试。不出所料，阿卡兰忒在赛跑中总是能够取胜，许多年轻人因此送了性命。

有一次，一个名叫希波墨涅斯的小伙子前来观看比赛。之前他一直对参加赛跑的求婚者们嗤之以鼻，认为他们是自寻死路。但是当他看到阿卡兰忒时，他突然理解了那些求婚者的行为。超凡脱俗的阿卡兰忒完全占据了希波墨涅斯的心，他不由自主地走到她面前，同她说："我叫希波墨涅斯，是麦伽洛宇斯的儿子，海神波塞冬的曾孙子。请你和我比赛吧，不要再和那些不值一提的人比试了。"

阿卡兰忒见希波墨涅斯长得十分英俊，心中生出了好感，她说："我劝你最好不要尝试，你还年轻，若是因此送了性命多可惜呀！"

希波墨涅斯却丝毫没有退缩，他一边准备比赛，一边悄悄地向爱神阿佛洛狄忒祈祷："神圣的爱神哪，请你保佑我赢得比赛吧！"爱神听到了他的祈祷，决定帮助他完成心愿。她在塞浦路斯的神庙花园中摘下了三只金苹果，偷偷把金苹果送给了希波墨涅斯，并告诉他取胜的办法。

比赛开始了，希波墨涅斯使出了浑身力气向前奔跑。一开始，他跑在了阿卡兰忒的前头，但是没多久，阿卡兰忒就追了上来，眼看就要超过他了。这时，希波墨涅斯掏出一只金苹果，把它扔在了地上。阿卡兰忒看见金光闪闪的苹果，不由得停下了脚步，捡起了地上的金苹果。希波墨涅斯趁机超过了她，跑了出去。不一会儿，阿卡兰忒又追了上来，希波墨涅斯急忙又扔出一只金苹果。阿卡兰忒敌不过金苹果的诱惑，再次停下来捡金苹果，希波墨涅斯又借机超出去很远。当阿卡兰忒第三次追上来时，希波墨涅斯扔出了最后一只金苹果。终点已经在眼前了，他暗自祈祷着阿卡兰忒能够停下来捡金苹果。阿卡兰忒犹豫了一下，还是捡起了地上的金苹果。这时，希波墨涅斯已经跑到了终点，取得了比赛的胜利。围观的人们欢呼着，替希波墨涅斯庆祝。

就这样，美丽的阿卡兰忒嫁给了希波墨涅斯，他们幸福地生活在了一起。

阅 读 心 得

这场比赛，阿卡兰忒的实力明明在希波墨涅斯之上，但她禁不住三只金苹果的诱惑，最后输给了希波墨涅斯。这个故事告诉我们，做事要一心一意，三心二意是不会成功的。

亚奴斯和萨图恩

　　罗马的发源地是位于台伯河下游的一段狭长地带。相传很久以前，这里居住着一个土著部落，部落的首领叫亚奴斯。他善良睿智，深受人们的爱戴。部落里的人靠打猎为生，过着简单而平静的生活。他们从没离开过这片土地，不知道世界上是否有其他部落，更不知道其他地方的人们过着怎样的生活。

　　有一天，一艘大船顺流而下，停靠在了部落附近。因为部落里从来没有来过外人，所以许多人都聚集在岸边，好奇地看着大船，但是没有一个人敢走上前去。不一会儿，一个金发男子从船上走了下来，他笑着冲远处的人们招了招手，又回头让仆人们从船上牵下几头牛。一看见牛，许多人都吓得直往后退，几个勇敢的年轻人握紧了手中的武器，打算随时和牛搏斗。在当地居民的印象里，牛是很凶猛的动物，它能够破坏房屋，还会用它锋利的角刺穿人的身体。金发男子一下子就看透了当地居民的心思，他伸出手一边摸着牛背一边说："别害怕，这些牛已经被我驯服了，它们不会伤害人的。相反，它们还能帮助我们干活，为我们提供美味的牛奶。"当地居民半信半疑地走上前去，发现这些牛果然十分温顺，这才放下心来。

接着，金发男子又把绵羊、蜜蜂和谷物的种子送给了当地居民，他告诉人们绵羊的毛能够织出柔软的衣物，蜜蜂能够提供甜甜的蜂蜜，把种子种到地里就能长出美味的食物。人们兴奋极了，他们东看看西瞧瞧，恨不得能马上穿上新衣服，吃上蜂蜜和谷物。

这时，亚奴斯也来到了岸边，得知他首领的身份后，金发男子毕恭毕敬地说："我的名字叫萨图恩。我因为受到了别人的迫害，所以来到了这里。请您允许我在这里生活下去。作为回报，我会为这里带来幸福和美好。"亚奴斯同意了萨图恩的请求，邀请他在这里长住下去。

很快，萨图恩就教会了人们种植粮食，纺织布匹，驯养牲畜……当地居民修建起更坚固的房屋来，还种出了各种各样的庄稼，穿上了美丽舒适的衣物，过上了从来没有想象过的幸福生活。

为了让人们生活得更舒适，萨图恩修建了一个新的城市——萨图尼亚。亚奴斯和萨图恩一起把这个城市治理得井井有条，这里所有的人都是平等的，人们之间没有仇恨和战争，没有迫害，没有钩心斗角，只有友善和互助。萨图恩对自己治理的城市十分满意，想以"拉丁姆"作为它的新名字。在当地的语言里，这个词的含义是"隐匿的王国"。萨图恩认为这是一片不受外界影响的净土，他希望这里永远都像现在这样和平安宁。

亚奴斯轻轻地摇了摇头，说："我也像你一样希望这里永远都是一片净土。但是和平只是暂时的，在贪婪的人性的驱使下，仇恨和战争总有一天会在这里出现。"亚奴斯见萨图恩的脸上出现了阴霾，又补充道："我说的都是真的，因为我是宇宙的开始，也是宇宙的结束。谁也不能影响宇宙，更没有办法左右未来的事。"听了亚奴斯的话，萨图恩陷入了沉思。

从此之后，这个城市有了新的名字——拉丁姆。但是它的创造者萨图恩却像变了一个人。他躲了起来，不再见任何人，也不再参与城市中的任何事。人们对此感到非常奇怪，亚奴斯说出了其中的缘故。原来，萨图恩是天神之父，因为受到了众神的迫害和驱逐才躲到了人间。他不忍心看着自己亲手建立的城市走向混乱，不忍心看着战争和仇恨出现，更不忍心看着人们互相残杀，于是，他把自己永远地藏了起来，再也不肯现身。

亚奴斯知道萨图恩的身份，也明白他的想法，他建议人们为萨图恩修建一座神庙，感谢他带来的幸福。在这之后的每一年，拉丁姆的人们都会聚在一起，举行盛大的萨图恩庆典，纪念曾经的美好。

又过了一段时间，亚奴斯也像萨图恩一样神秘失踪了。人们将亚奴斯奉为最神秘、最深不可测的神。人们认为亚奴斯同时掌管着开始和结束，称他为"门户总管"，还在他的肖像上画了两副面孔，所以有"双头亚奴斯"的说法。

阅 读 心 得

　　萨图恩期望得到永远的和平安宁，冷静的亚奴斯知道战争和仇恨不可避免，贪婪和欲望会毁了和平。欲望和贪婪会催生仇恨和战争。我们要控制自己的欲望，不要贪婪，以免招来灾祸。

诸神之王奥丁

　　奥丁是北欧阿萨神族的诸神之王，也是全知全能的智能神，他象征着智慧、权力、战争和预言等。

　　很久之前，在诸神和巨人的战争中，英勇的奥丁带领诸神打败了巨人尤弥尔，把他的身体变成了大地，头颅变成了天空，血液变成了海洋，骨骼变成了高山，毛发变成了花草树木。尤弥尔腐烂的身体上生出了许多小虫子，奥丁把这些虫子变成了精灵和侏儒。为了支撑住天空，奥丁找了四个侏儒，让他们一直顶着天空的四个角。就这样，奥丁和诸神创造出了世界。

　　世界形成后，奥丁和诸神始终觉得广阔的大地上缺少一种有活力的生物。一天，奥丁、维和威利三位天神在大地上散步时，看到海浪冲来了两截木头，其中一截是桦木，另一截是榆木。他们觉得这木头正好可以用来创造人类，就把桦木雕刻成了男人的形状，把榆木雕刻成了女人的形状。奥丁赋予了这两块人形木头生命和呼吸，威利赋予了它们灵魂和智慧，维赋予了它们情感和语言。从此，大地上出现了新的生物——人类。奥丁将男人命名为阿斯克，将女人命名为爱波拉，让这一对男女结成了夫妻，在大地上一代一代繁衍下去。

之后，奥丁在宇宙中央建立了神国阿瑟加德，又在神国的周围建立了精灵国，让会发光的精灵住在那里。奥丁命令巨人和人类一起居住在大地上，让侏儒居住在大地下的侏儒国中。平时，奥丁会坐在他的宝座上。在这里，他可以把诸神、精灵、巨人、侏儒和人类的一举一动看得清清楚楚。

为了更好地统治世界，奥丁想要获得更多的智慧。当时，在世界之树一条主根的尽头有一个"智慧之泉"，喝了泉水的人就会得到世间最宝贵的智慧。奥丁想要尝一尝这泉水，将智慧带给阿萨诸神。于是，他找到了负责看管"智慧之泉"的巨人密米尔，请求他允许自己喝一口泉水。

密米尔摇摇头，说道："我劝你还是不要尝试了。在你之前也有很多人想要得到泉水，但是他们一听到要付出的代价，就都放弃了。"

奥丁毫不犹豫地说："不论付出多大的代价，我都要喝到泉水。就算让我把神族所有的黄金都送给你也在所不惜。"

密米尔指了指奥丁的一只眼睛说："我不要黄金，我只要你的一只眼睛。"

奥丁伸出手，挖出了一只眼睛，用它交换了智慧泉水，获得了宝贵的智慧。从此之后，奥丁的一只眼睛就永远地沉在了智慧之泉中。后来，奥丁又在世界之树上倒挂了九天九夜，发明了鲁纳文字，并把它教给了人类，成为北欧最早的文字。因为奥丁带来了智慧和文字，人们把奥丁看作"智慧之神"。

从此之后，奥丁变成了独眼神，他头戴鹰盔，身穿金甲，手上戴着象征财富的德罗普尼尔金环，手中拿着百发百中的武器冈格尼尔长枪，若是有人对着这神圣的长枪发了誓，那他就必须实现自己的誓言，决不能反悔。当奥丁掷出他的冈格尼尔长枪时，枪尖就会在天空划出一道亮光来，这道亮光被地上的人们称为"流星"。

有时候，奥丁会骑着他的坐骑来到人间。奥丁的坐骑是一匹八条腿的天马，它的速度极快。每当天马出现时，人间就会出现狂风暴雨。在暴风雨中，奥丁骑着天马飞驰而过，将人死后的灵魂收集起来。当人间有战争时，奥丁就会派自己的侍女到战场上去，把英勇战死的勇士带到自己的宫殿来。在这里，奥丁会用美味佳肴招待勇士们，对他们的勇气进行嘉奖，让他们在神国里享福。因此，人们也把奥丁称为"死亡之神"和"战争之神"。

阅读心得

　　奥丁创造了世界和人类，为了获得智慧，他付出了一只眼睛的代价。智慧是珍贵的宝物，要想获得智慧就必须付出代价。对于我们来说，要想获得智慧，就要不怕苦，不怕累，努力钻研，认真学习。

丢失的神锤

神王奥丁与女巨人娇德的儿子托尔是阿萨神族最勇猛的武士，他的主要职责是保护阿萨神族的居住地阿瑟加德，阻挡霜巨人的入侵。托尔身材魁梧，力大无穷，刚出生就能举起十大包熊皮。他食量很大，又爱喝酒。他为人耿直，凡是看不顺眼的事都要反对，是诸神中出了名的暴脾气。雷霆之锤是托尔最重要的武器，它是火神洛基让矮人打造的。这神锤的攻击力极强，能够轻松打碎巨人的头骨。每当霜巨人来袭时，托尔就会驾驶山羊拉的战车，拿着雷霆之锤出战，这时，天上就会发出轰隆隆的雷声，因此他也被称为"雷神托尔"。霜巨人一听见这雷声就会吓得四处逃窜，不敢再轻举妄动。因此，托尔把雷霆之锤看得比生命都重要，除了自己谁都不能碰一下。

一天早上，托尔起床后发现自己的神锤不见了，他仔细地找遍了整个宫殿，可是始终没有找到。托尔急忙把这个消息告诉了诸神，他焦急地说："要是没有雷霆之锤，我恐怕就没法挡住霜巨人的袭击了。"听到托尔这样说，诸神都慌了。这时，火神洛基上前说道："就让我去寻找雷霆之锤吧，我猜这一定是霜巨人搞的鬼！"

洛基向女神芙蕾雅借了宝物"鹰之羽衣"，变成一只苍鹰飞往霜巨人国。在这里，洛基很快就找到了偷走神锤的罪魁祸首——风暴巨人索列姆。洛基想尽了办法，可索列姆怎么也不肯归还神锤。洛基只得悻悻地返回了阿瑟加德，把神锤的下落告诉了托尔。

托尔听到洛基带回的消息，决定立刻亲自去找索列姆报仇，抢回神锤。洛基劝他说："现在我们没有神锤，恐怕打不过索列姆，硬抢不是办法。再说，我们也不知道索列姆把神锤藏在了什么地方。不如我再跑一趟吧，看看他有什么要求，无论如何，我们都要拿回神锤。"

于是，洛基再次找到索列姆，说："只要你能够归还神锤，我们愿意满足你的一切要求。不论是金银珠宝还是其他珍贵物品，我们都可以送给你。"索列姆哈哈大笑起来，说："金银珠宝根本入不了我的眼，其他东西我也不要。要想让我归还雷霆之锤，只有一个条件，那就是把女神芙蕾雅嫁给我。"

洛基把索列姆提出的条件告诉了诸神，想让大家帮他一起说服芙蕾雅。可是不论大家怎么劝说，芙蕾雅都不肯嫁给索列姆，她愤怒地说："我绝对不会嫁给那个可恶的巨人！你们不用再劝我了，无论如何我都不会改变主意！"就在诸神一筹莫展时，火神洛基想出了个好办法，他建议把托尔打扮成芙蕾雅的样子，冒充芙蕾雅去找索列姆，再找机会拿回神锤。

托尔急忙推托道："这怎么能行呢？我怎么能打扮成一个娇滴滴的女人呢？再说了，我这样子也瞒不过索列姆哇。"

洛基打量了一下托尔，说："我倒觉得这是个好主意，我们不妨试一试。"其他众神也纷纷劝说起托尔来，托尔只得无奈地同意了这个建议。

在众神的帮助下，托尔穿上了新娘的嫁衣，戴上了珠宝首饰，蒙上了厚厚的面纱，打扮成新娘的样子。洛基也打扮成了一个侍女，和托尔一起来到霜巨人国。

索列姆听说芙蕾雅来了，高兴得合不拢嘴。他命人将宫殿装扮得美轮美奂，又准备了一大桌酒席来迎接芙蕾雅一行人。装扮成芙蕾雅的托尔看到桌上的美酒佳肴，毫不客气地坐了下来，狼吞虎咽地吃起来。参加宴席的霜巨人见新娘一点也不矜持，吃东西时还发出难听的声音，纷纷议论起来。不一会儿，托尔已经吃掉了整整一头牛，八条大鲑鱼，还喝光了三大桶蜜酒。索列姆看着正在大吃大喝的新娘，脸上露出了疑惑的神情。

打扮成侍女的洛基急忙解释道："新娘实在是太高兴了，为了这一天，她已经八天八夜没吃东西了。"

索列姆这才放下心来，他想要亲吻一下自己的新娘。可当他靠近新娘时，却被面纱下那一双铜铃一样大的眼睛吓坏了。洛基又解释说："为了这一天，新娘已经八天八夜没有合眼了。她实在是太期待这一天的到来了！她恨不得马上嫁给你。"

索列姆的姐姐见这新娘实在古怪，对洛基的解释半信半疑，就问托尔："按照霜巨人的传统，结婚当日要交换礼物，你带来了什么礼物呢？"

托尔就像是没听到一样，一声不吭地坐着，没有回答。洛基再次解释说："新娘实在是太高兴了，她现在满脑子想的都是索列姆，已经昏了头，恐怕根本听不见别人的话。"

索列姆听了这话不由得心花怒放，他立刻拿出了雷霆之锤，想把这神锤当作自己新婚的信物。托尔一看见自己的神锤，立刻来了精神，他撕掉面纱，从座位上跳了起来，一把抢过神锤。还没等索列姆和其他霜巨人反应过来，托尔已经高高地举起了神锤，把在场的霜巨人全都砸死了。

就这样，托尔和洛基拿着神锤高高兴兴地回到了阿瑟加德。

阅 读 心 得

　　面对强大的霜巨人，托尔和洛基运用聪明才智骗过了霜巨人，夺回了丢失的神锤。我们要善于运用智慧，使用巧妙的方法来战胜困难或敌人。

诸神的黄昏

在世界之树的一条根的尽头有一眼泉水，叫赫瓦格密尔泉。这里生活着一条叫尼德霍格的毒龙，它日夜不停地啃咬着世界之树的树根。相传毒龙咬断世界之树的树根之时，就是诸神黄昏到来之日。那时，诸神和巨人之间会爆发激烈的战争，巨人、诸神、精灵、侏儒还有人类都会同世界一起毁灭。

诸神黄昏到来之前，人间爆发了前所未有的冰灾。漫长而寒冷的冬天到来了，太阳躲起来不再露面，刺骨的寒风没日没夜地扫过大地，厚厚的冰雪将土地严严实实地覆盖起来。那时，世界上一连三个季节都是严冬，人们将其称为"芬布尔之冬"。因为食物越来越少，人们变得烦躁不安起来，猜忌和仇恨的种子在人们心里生根发芽，所有的人都拿起了武器，发疯般互相残杀着，鲜血流遍了大地，到处都是人类的骸骨，整个世界变成了一片炼狱。

世界之树顶端的公鸡预见到诸神黄昏即将到来，拼命地发出震耳欲聋的号叫声，警告着所有人。深埋在世界之树下的死人之国里，公鸡也发出了刺耳的叫声应和着。世界之树下的毒龙终于咬断了树根，世界之树变得摇摇欲坠，大地开始颤动，所有的野兽和怪兽都跑了出来。能一口吞掉整个天地的巨狼芬里尔挣脱了诸神用来捆绑它的锁链，摩拳擦掌地准备找诸神报仇，它的两个儿子一口气吞掉了天上的太阳和月亮。沉睡在海底的巨蟒耶梦加得醒来了，它甩了甩尾巴，掀起了巨大的海浪，淹没了大地，冲上了诸神之国。死人之国的女王赫尔带着她的死亡军队从地下爬了出来。巨人们都赶来了，被奥丁囚禁的邪神洛基也恢复了自由，大家乘坐着赫尔用死人指甲做成的大船，向诸神之国驶去。

诸神之国的守卫者海姆达尔吹响了召集军队的号角，神灵们全副武装，等待着敌人的到来。大战一触即发，诸神的黄昏到来了。

决战的号角就要吹响了，但是诸神之王奥丁却没有赶往战场，他来到了命运三女神的住所，想要从她们口中探得诸神的命运，但是奥丁并没有得到满意的答案。奥丁又来到智慧之泉，找到老巨人密米尔，对他说了几句话之后才赶往战场。

一看见奥丁，巨狼芬里尔就恶狠狠地扑了上去。它张开能够吞噬天地的嘴巴，喷出了熊熊火焰。奥丁举起自己的冈格尼尔长枪，冲着芬里尔刺了过去。在仇恨的驱使下，芬里尔忍受着长枪带来的痛苦，将嘴巴张到最大，一口就把众神之王奥丁吞了下去。奥丁的儿子维达尔飞一般地冲向了巨狼，狠狠地踩住它的下巴，把它的血盆大口撕成了两半，替父亲报了仇。

来自死人之国的恶犬加尔姆紧紧地咬住了战神提尔。二者厮杀了许久，最终双双倒在了战场上。雷神托尔要对付的是巨蟒耶梦加得。巨蟒灵活地躲过了雷神的袭击，不时地吐出毒液，想要将他毒死。雷神举起自己的雷霆之锤，朝巨蟒的头扔了过去。中锤的巨蟒瞪大了双眼，使出最后的力气，冲雷神喷出一口毒血，哀嚎一声后死去了。巨蟒的毒血溅到了雷神身上，中毒的雷神再也支撑不住了，摇摇晃晃地倒了下去。诸神之国最英勇的武士就这样死在了战场上。

邪神洛基正在和守卫者海姆达尔决斗，他本来也是诸神之国的一员，但是对奥丁的仇恨使他成了诸神之国的敌人。他们曾经是并肩作战的队友，但是现在，他们不得不在战场上兵刃相接。几番激战后，海姆达尔和洛基同归于尽了。

诸神和巨人的血液染红了天空，也染红了大地。战场上横尸遍野，仅存的神族和巨人还在奋力厮杀着。火焰巨人史尔特尔扔出了手中的火焰，火焰蹿到了天空中，发出了耀眼的光芒。它点燃了天空，点燃了大地，点燃了整个宇宙。

在烈焰浓烟中，诸神之国毁灭了，支撑宇宙的世界之树也毁灭了，星星从天空中跌落，大地沉入了深不见底的大海。

诸神的黄昏过后，仅有的几个幸存者来到了宇宙的最南边。这里有一片净土，有蓝天，有从海底升起的大陆，有一个新生的世界。幸存的诸神兴奋地看着这片净土。

旧的世界毁灭了，新的世界即将诞生！

阅 读 心 得

在战争中，不论是巨人、怪兽还是诸神，几乎都失去了生命。战争与和平是世界永远的主题，战争会带来灾难，因此我们要保卫和平。

情节档案

起因： 相传毒龙咬断世界之树的树根之时，就是诸神的黄昏来临之日。在此之前，世界各地已出现种种预兆。

经过： 诸神的黄昏真正来临，曾经被诸神制服的怪兽和巨人等纷纷跑了出来，到诸神之国报仇。大战一触即发。

高潮： 大决战的号角吹响，巨狼杀害了诸神之王奥丁，又被奥丁的儿子打死。雷神托尔、战神提尔等神灵也都英勇地死在了战场上。战场上血流成河，尸横遍野。

结局： 火焰巨人史尔特尔点燃了整个宇宙，毁灭了万物。几个幸存者来到宇宙的最南边的一片净土，建立了一个新的世界。

法厄同驾太阳马车

法厄同是太阳神赫里阿斯的儿子，他能力平平，却自命不凡，总是认为自己无所不能。有一次，法厄同听到传言说自己不是赫里阿斯的亲生儿子，于是，他就跑到赫里阿斯的宫殿中，打算找父亲问个清楚。

"尊敬的父亲，很多人都在背后嘲笑我，说我不是您的亲生儿子，请问这是真的吗？"法厄同问道。

赫里阿斯愣了一下，随即笑着说："不要相信这些谣言，毫无疑问，你就是我的儿子，谁也不能怀疑这一点。"

法厄同摇摇头，说："尊敬的父亲，为了消除谣言，请您送我一份礼物，向全天下证明我是您的儿子吧。"

"没问题，只要能消除谣言，不论多贵重的礼物我都愿意送给你。"赫里阿斯一口答应了下来。

法厄同抬起头，期待地看着父亲说："父亲，我不想要别的东西，我只想独自驾驶您那辆太阳马车，请您满足我的愿望吧！"

赫里阿斯急忙摇摇头，拒绝道："我不能答应你这个要求，我的孩子。你太年轻了，还不能驾驶太阳马车。事实上，除了我之外，没有一个神能够驾驶太阳马车。你知道吗？空中道路十分艰险：上午时分，尽管太阳神驹精力十分旺盛，但想要爬上陡峭的山坡依然十分艰难；中午时分，马车会到达天空的最高点，只要往下看一眼遥远的陆地和海洋，腿就会发软；下午时分，马车会风驰电掣般地向下飞驰，你会觉得天旋地转，如果不能紧紧地拉住缰绳，马车就会脱离轨道，跌落到无底深渊。"

赫里阿斯的话并没有打消法厄同想要驾驶太阳马车的念头，他说："父亲，太阳马车是您的象征，我只有驾驶太阳马车才能消除谣言。刚才您已经答应我，不论什么要求您都会满足我的，现在您怎么能反悔呢？"

赫里阿斯无奈地摇了摇头，说："没错，既然我已经答应你了，就不能反悔。"说完，他带着儿子来到太阳马车前，嘱咐道："这些马会自己走，你不用拿鞭子抽打它们。你要牢牢地抓住缰绳，不要让它们跑得太快。你不能让马车离地面太近，否则地上的植物会被烤焦的，但是也不能让它离大地太远，否则地面就感受不到太阳的温暖了。"法厄同被眼前金光闪闪的太阳马车吸引，根本没有仔细听父亲的话。

"好了，现在到了马车出发的时间了，你一定要记住我的话，不要掉以轻心，我亲爱的孩子。"赫里阿斯叹了口气，拍了拍法厄同的肩膀。

法厄同迫不及待地跳上马车，兴奋地拉起缰绳，大声说："父亲，放心吧！"说完就驾着马车出发了。

天马拉着太阳马车，如利箭般冲了出去，在天空中飞驰。法厄同吓得脸都白了，他紧紧地拉住缰绳，一动也不敢动。行驶到半路时，法厄同朝下看了一眼，发现自己已经离地面很远了，他吓得直哆嗦，拉着缰绳的手都变得僵硬了。太阳马车在空中横冲直撞，冲出了原有的轨道。天马们在广阔的天空中奔跑着，一会儿高，一会儿低，一会儿往左，一会儿往右。有时候，马车几乎要撞到地面上的山峰，可是没一会儿，马车又跑到了天

空的最高处。法厄同想要控制住天马前进的方向，可是他的双手已经不听使唤了。他这才知道父亲没有骗自己，驾驶太阳马车真的不是个轻松的差事，可是现在他什么也做不了，只能闭上眼睛，听天由命了。

灼热的太阳点燃了大地上的植物，滚滚浓烟从森林深处升起。大地因灼热而龟裂，河流因水分蒸发而干涸，湖泊变成了沙漠，动物们嘶吼着四处逃窜，人们跪在炙热的大地上，祈求上天的保佑。

为了消除人们的苦难，宙斯将一道闪电劈向了法厄同。法厄同的身躯被点燃了，他变成了一团火球，从天空中坠落，最后掉到了埃利达努斯河中，结束了生命。他燃烧的头发化为流星，掉落的轨迹变成了银河。

太阳神赫里阿斯目睹了这悲惨的情景，悲恸欲绝。他忧伤地抱着自己的头颅，整整一天没有露面，大地陷入一片昏暗之中。

阅 读 心 得

　　法厄同狂妄自大，不听父亲劝告，执意去做无法胜任的事，最终害了自己。自信是好事，但是盲目自信会蒙蔽我们的双眼，让我们看不清自己的实力。我们要有自知之明，虚心接受别人的意见，不要一意孤行。

亚　洲

盘古开天地

　　很久很久以前，世界上没有天，也没有地，整个宇宙就像是一个鸡蛋一样，到处都是一片混沌，分不清上下左右，也没有南北西东。在这片混沌中，诞生了一个叫盘古的巨人，他足足睡了一万八千年才醒来。

　　盘古醒来后，发现四周没有光，也没有声音，漆黑一片。在黑暗中，盘古又闷又热，他拿起身边的巨斧，使出全身的力气，朝前方狠狠地劈了下去。只听"轰"的一声，宇宙被劈成了两半，黑暗裂开了缝隙，光明从缝隙中钻了进来。刹那间，轻而清的东西开始向上升，一直升过了盘古的头顶，变成了天空；重而浊的东西开始向下沉，沉到了盘古的脚下，变成了大地。

　　天地分开后，盘古十分高兴，可是他担心天和地会再次合在一起，于是，他用头顶着天，用脚踩着地，站在了天地之间。天地形成后，开始不停地生长，盘古也随着天地不停地长高。天升高一丈，地变厚一丈，盘古就会长高一丈，他始终支撑在天地之间，避免它们再次合在一起。

就这样又过了一万八千年，天不断上升，成了盘古头顶上高高的天空，地不断变厚，变成了盘古脚下广袤无垠的大地，它们再也不会复合了。盘古也长成了一个高不见顶的巨人。在漫长寂寞的岁月里，他没有一天松懈过，他高兴时就会笑，难过了就会哭，他的情绪为天地带来了不同的气候。当盘古笑的时候，天气就会变得晴朗，天空无比湛蓝；当盘古哭的时候，他的眼泪就变成了雨滴，从空中飘落；当他生气时，天空会乌云密布；当他叹气时，地上就会吹起狂风……

终于，盘古再也支撑不住了，精疲力竭的他倒了下来，闭上了眼睛。盘古死后，他的眼睛变成了太阳和月亮，永远地挂在了天空中；他的千万缕头发变成了点点繁星，在夜里闪烁不停；他的血液变成了江河，奔腾不息；他的肌肉变成了千里沃野，供万物生存；他的汗毛变成了树木和草，供人们欣赏；他的牙齿和骨头变成了石头和金属矿物，供人们使用；他呼出的最后一口气变成了风；他的喊声变成了雷，汗水变成了雨……

盘古将自己的一切都献给了天地，让世界变得更美好！

阅读心得

　　盘古劈开天地，把自己的身体变成了宇宙中的万物，创造了美好的世界。盘古自我牺牲和奉献的精神令人感动，令人敬佩。

女娲造人补天

盘古开天辟地后，天地间有了山河湖海，有了花草树木，可是没有人。不知何时，天地间出现了一个叫女娲的女神，她孤零零地生活在世间，觉得有些寂寞。有一天，女娲坐在湖边休息，她看着眼前郁郁葱葱的树林和身边碧蓝的湖水，不由得叹了一口气："天地间的景色虽美，却缺少了一点生气，该添点什么东西呢？"

女娲看着水里自己的倒影，突然有了主意。她用水和了一把泥土，照着水里的影子捏成了一个动物样的东西。女娲把它放在地上，冲着它吹了一口气，它就变成了一个会跑会跳会说话的活物，女娲称它为"人"。这个人围着女娲跑来跑去，不时地抬起头冲着女娲笑一笑。女娲十分高兴，一口气又捏了好几个泥人。不一会儿，女娲身边就出现了许多活泼可爱的人，他们不停地说着、笑着、闹着，为天地间增添了许多活力，女娲再也不寂寞了。

为了创造更多的人，女娲日夜不停地捏泥巴，她想要让大地上到处都有人的身影。可是这世界实在是太大了，女娲不停地捏呀捏呀，可还是没能捏出足够多的人。女娲再也捏不动了，于是她把一根藤蔓伸到了泥潭里，沾上满满的泥浆，再使劲把泥浆甩到大地上。掉落在地上的泥浆也变成了一个个人。女娲看着一群群嬉戏玩耍的人，心满意足地睡着了。

女娲醒来时发现很多人已经老死了。女娲心想："这样下去这些人很快就会都老死的，就算我捏得再多也不行啊。我得想个办法才行。"于是，女娲把人分成了男人和女人，男人和女人结合会创造出新的后代。就这样，人们一代接着一代地传下来，世界上的人也越来越多，他们幸福地生活在天地间。

可是好景不长，有一年，火神祝融和水神共工在不周山大战，共工战败，一怒之下撞倒了用来支撑天的不周山，天突然塌了一角，倾盆大雨不停地从天的窟窿里落下，地上发了洪灾，大水卷走了树木，冲走了人和动物。天火也从天而降，烧毁了万物。人们四处逃窜，却找不到一个可以躲藏的地方，很多人都在洪灾和火灾中丧生。

女娲十分同情人类的遭遇，她决定要采石补天，解救人类。于是女娲东奔西走，采集五色石，然后把五色石倒入熔炉中，足足炼了九九八十一天，终于炼出了能够补天的五彩晶石。女娲用五彩晶石补上了天上的窟窿，可是天失去了支撑，随时有再塌陷的可能。于是，女娲抓来一只巨大的鳌，砍下了它的四条腿，把它们当成四个柱子立在大地的四方，支撑起了天空。

天终于补好了，可地面上的洪水还没有消退，人们仍在东躲西藏。女娲又马不停蹄地回到地面上，杀死了在洪水中兴风作浪、残害百姓的黑龙，又把芦苇烧成灰，用芦苇灰堵住了洪水。

经过女娲一番辛劳整治，苍天总算补上了，地填平了，水止住了，龙蛇猛兽敛迹了，天地终于恢复了平静，人类也重新过上了幸福的生活。但是这场灾难还是在大地上留下了痕迹，经历这场灾难后，天开始向西方倾斜，地开始向东方塌陷，于是天空中的日月星辰都在西方落下，而地面上的江河大多向东流。

阅 读 心 得

　　女娲是中国古代神话中人类的始祖，她用泥巴造出了人，又帮助人类补好了塌下来的天。女娲真是在灾难中拯救百姓的英雄。

后羿射日

　　远古时期，天上有十个太阳，它们都是东方天神帝俊的孩子。十个太阳和它们的母亲羲和一起住在东海边。它们每天都会在东海里洗澡嬉戏，洗完澡就停留在东海边的扶桑树上休息，其中一个太阳停留在树梢，另外九个太阳则停留在其他树枝上。每当黎明即将到来时，树梢上的太阳就会乘坐双轮马车，到天空中为人们带来光明。黄昏时分，太阳又会乘坐双轮马车回到东海边和它的兄弟们团聚。

　　一开始，十个太阳排着队轮流在树梢停留，按顺序依次到天空中值勤，秩序井然，有条不紊。人间日夜更替，风调雨顺，人们也过着日出而作、日落而息的幸福生活。但是时间一长，太阳们有些厌烦了，它们觉得每天按部就班轮流值勤的日子实在太无趣了，要是大家能一起到天空中去玩耍就好了。于是，太阳们约好以后要一起去值班，永远不分开。

　　第二天，十个太阳一起驾着双轮马车跑到了天空中。地上的人们看见十个太阳一起从东方升起，惊讶万分，他们从来没有见过这种景象，纷纷聚在一起议论这个奇景。太阳们高兴极了，它们兴致勃勃地驾着马车，飞快地前进着。十个太阳一齐发出了耀眼的光芒，它们炙热的火团将地面烤得热辣辣的。人们热得汗流浃背，只好脱了衣服，躲在阴凉地避暑。动物们热得焦躁不安，四处乱窜。河流、湖泊被晒得热气腾腾，里头的鱼都被烫死了。

到了中午，太阳的光芒更加炽烈了，河流和湖泊都被烤干了，就连大海也变得越来越小。森林里有树木着起火来，火苗点燃了整片森林，房屋和庄稼也被大火吞噬，许多人在大火中送了性命。凶猛的野兽从山林里跑了出来，发疯似的狂奔，见人就咬。幸存的人们躲进了山洞里，他们失去了家人，失去了房屋，失去了食物，还随时可能被野兽吃掉。绝望的人们跪在地上，不停地向上天祈祷，祈祷着帝俊能看到人间的苦难，解救苍生。

帝俊得知这个消息后，便派神箭手后羿去驱赶多余的太阳，解除人间的苦难。后羿箭术高超，百发百中。他接到帝俊交给的任务后，带着神弓和神箭来到人间。他见这里草木干枯，野兽肆虐，犹如炼狱一般，心中十分难过。他决定好好惩罚作恶的太阳，帮助人们脱离苦海。

后羿出发了，他翻过九十九座高山，跨过九十九条大河，穿越九十九个峡谷，终于来到东海边。他爬上东海边最高的山的山顶，拉开弓箭，对准一个太阳狠狠地射了过去。只听"嗖"的一声，利箭飞快地向太阳飞去，中箭的太阳一下子从天空中跌落。后羿微微一笑，再一次拉开弓箭，射落了第二个太阳。就这样，后羿一连射落了九个太阳，不一会儿，天上就只剩下一个太阳了。这个太阳见自己的兄弟们都被后羿射死了，吓得直哆嗦。后羿看了看仅剩的一个太阳，收起弓箭，大声说道："从今往后，你要老老实实地在天上值班，要是再有差池，我就来收拾你！"

从此之后，太阳再也不敢作乱了。它按照后羿的嘱咐，每天按时升起，按时降落，兢兢业业地工作着，为大地提供光和热。人间恢复了平

静，雨水填满了河道和湖泊，干裂的土地长出了新芽，野兽回到了山林，人们开始修建房屋，种植庄稼，重新过上了幸福安宁的生活。

帝俊听说后羿射死了自己的九个孩子，十分生气，他下令不允许后羿再返回天上。从此之后，后羿和百姓一起生活在了人间。

阅 读 心 得

　　十个太阳本来轮流到天空值班，可是有一天它们突然不守规矩，一起到天空玩耍，把人间变成了炼狱，最后受到后羿的惩罚。只有人人都遵守规矩，世界才会秩序井然，社会才会和谐稳定。不遵守规矩必定受到应有的惩罚。我们还要学习后羿的正直、勇敢和善良。

大禹治水

上古时期，黄河流域暴发了洪灾，洪水淹没了农田，冲走了庄稼，破坏了房屋，许多人都在洪水中送了性命，百姓苦不堪言。为了拯救黎民苍生，尧帝开始四处寻访能够治理洪水的人。许多部落的首领向尧帝推举了鲧，于是，尧帝就任命鲧为治水官，负责治理洪水。

鲧上任后，立刻带着百姓修建了巨大的堤坝来阻挡洪水，可这洪水实在太厉害了，没过多久，堤坝就被冲塌了，人们不得不再次开始修建堤坝。就这样，九年过去了，在鲧的带领下，人们不停地筑坝挡水，可洪水一点也没消退，百姓依然生活在水深火热中。

舜帝继位后，见鲧治水无功，便革了他的职，重新寻访治水人才。人们纷纷向舜帝推举鲧的儿子禹，他们认为禹德行出众，能力超群，是治水的最佳人选。舜帝派人调查了一番后，认为禹是可以信任的人选，便任命禹为新的治水官，并派伯益和后稷两个大臣做他的助手。

这些年里，禹看到了父亲治水的艰辛，他知道治理洪灾不是一件轻松的差事，可他还是毫不犹豫地接受了任务，他暗自下定决心："我一定要完成父亲没有完成的任务，治理洪灾，解救百姓！"当时，禹刚刚结婚四天，可他还是坚定地告别了妻子，踏上了治水的征程。禹的妻子涂山氏是个善良贤德的女子，她虽然舍不得新婚丈夫，但还是含着眼泪送走了丈夫，并嘱咐他一定要治好洪水。

禹上任后，没有急着修建堤坝，他先带着伯益和后稷走遍了洪灾肆虐的地区。在灾区，禹看到了因为洪灾流离失所的人们，看到了被洪灾摧毁的房屋和庄稼，他十分痛心，这些惨不忍睹的画面进一步增强了他治理洪水的决心。

禹通过走访，发现像父亲一样修建堤坝阻挡洪水的方法是行不通的，他决定采取一种新的治水方法——通过疏导水道来将洪水引入大海。禹根据地形特点，把全国分成了九个州，他将这九个州的水域当成一个整体来治理。他带着人们先平整土地，再疏通水道，将洪水引入修好的水道中，达到减小洪灾的目的。每到一个地方，禹就会实地调查，设计治理方案，并发动群众和他一起治理水患。禹和群众一起风餐露宿，一起夜以继日地干活。在别人休息时，他还要四处察看，消除工程的隐患，保证万无一失。

禹在治水过程中遇到了许多困难，但他都运用自己的智慧解决了。在治理黄河上游时，禹发现洪水会被巨大的龙门山挡住，无法顺利地流入修好的河道。于是他带着人们硬生生在龙门上开凿了一个口子，将水引了过去。

禹治水一共花了十三年的时间。十三年中，禹曾经三次路过自己的家门口，但是他认为治水是最紧急的事，在完成治水任务前，他没有多余的时间回家逗留，于是每次他都只是匆匆地看一眼家门，就继续前进了。在禹的治理下，滔天的洪水流入了修好的河道，并顺着河道一直汇入了东海。曾经被洪水淹没的土地和山川重新露出了它们本来的样子，人们又搬回了平原，修建了新的房屋，田地里也长出了新的庄稼。百姓重新过上了幸福生活。

由于禹治水有功，舜帝将帝位传给了禹。后世人们尊称禹为"大禹"，并修建了禹庙、禹陵、禹祠来纪念他。

阅 读 心 得

　　大禹通过调查研究，改变了传统的筑坝堵水的治水方法，采取了有效的疏导的方法。他为了治理水患，风餐露宿，日夜赶工，三过家门而不入，最终治好了洪水。这个故事告诉我们，要想取得成功，充分的调查、合理的方法和一往无前的精神缺一不可。

搅乳海

　　相传在世界中心有一片汪洋大海，在大海的正中央有一座高耸入云的神山——须弥山。和普通的山不同，须弥山由金、银、琉璃和水晶等宝物组成，提婆神族的天神和阿修罗族的恶神都生活在这里。

　　有一次，天帝因陀罗得罪了毁灭之神湿婆的化身，湿婆一怒之下发出了诅咒，夺走了提婆神族的神力和永生的能力。为了能够重新获得长生不老的能力，提婆神族的天神们打算寻找传说中的"不死甘露"。相传在乳海的底部埋藏着能够让人长生不老的甘露，要想得到珍贵的甘露，就必须先搅动乳海。可是搅动乳海是个大工程，天神们现在已经失去了神力，单单靠自己的力量根本不可能获得不死甘露。于是，保护之神毗湿奴决定让阿修罗族的恶神参与进来，和提婆神族一起搅动乳海，然后平分获得的不死甘露。

　　诸神将高大的曼陀罗山拔起，作为搅动乳海的工具。蛇族的蛇王瓦苏吉紧紧地缠绕在曼陀罗山上，作为搅海的绳索。龟王阿拘跋罗沉入海底作为曼陀罗山的支点。阿修罗族的神拉着蛇头那一端，提婆神族的天神则拉着蛇尾那一端，他们紧紧地拉住蛇王充当的绳索，开始搅动乳海。曼陀罗山在大海中旋转着，发出了轰隆隆的巨响，浩瀚无边的乳海出现了巨大的漩涡。山上的植物和动物全都掉进了海水里，变成了炼制不死甘露的材料。

在搅动的过程中，蛇王不时从口中喷出毒烟，把阿修罗族的神们熏得半死。他们憋着气，坚持搅海。蛇王的尾部则在空中不时地挥舞着，有时生成一片香云，有时则下起一阵甘雨。提婆神族的天神们沐浴在香云甘露中，心情十分愉悦，干得更卖力了。

渐渐地，海水变成了奶白色，又过了几百年，乳海被搅拌成了油脂。此时在乳海中陆续形成了许多女神和珍宝：吉祥天女从浪花中出现，她成了保护之神毗湿奴的妻子；宝石、圣洁的乳牛和神奇的如意树被分给了提婆神族……最后，月轮从乳海中出现，湿婆捞起了月轮，将它放在自己的额头上做装饰。

这时，缠绕在曼陀罗山的蛇王再也坚持不住了，从口中喷出了一口毒液，吐到了乳海中。这毒液不停地散发出能够毁灭世界的毒烟，提婆神族和阿修罗族的神们都抵挡不住毒烟的侵袭，他们放开了手。在这千钧一发的时刻，湿婆一口将毒液吞了进去。毒液把湿婆的喉咙烧成了青紫色，从此以后，湿婆也被叫作"青颈"。

毒液消失后，提婆神族和阿修罗族重新抓住了蛇头和蛇尾，卖力地搅动了起来。搅动乳海的工作持续了上百年，最后，天医川焰从乳海中现身了，他手中拿着的正是大家梦寐以求的不死甘露。

这时，提婆神族和阿修罗族之间展开了争夺甘露的战争。一个阿修罗趁机从天医的手中抢走了甘露，阿修罗族的神们载歌载舞地庆祝了起来。为了夺回甘露，毗湿奴变成了一个绝世美女，混入了阿修罗族，用曼妙的舞姿吸引了阿修罗族的注意。提婆神族的天神们趁机夺走了不死甘露，迅速喝了下去，重新获得了神力，变成了不死之身。在之后的战斗中，恢复了神力的提婆神族天神轻松打败了阿修罗族恶神，把他们赶到了海底，天神则带着剩下的不死甘露回到了天界。

阿修罗族有一个叫罗睺的神，他知道不死甘露的存放处，就偷偷地假扮成天神，想要偷不死甘露。罗睺刚喝了一口，还没来得及咽下去，就被太阳神和月亮神发现了。毗湿奴一把抓住罗睺，砍下了他的头。因为罗睺已经喝了一点不死甘露，那不死甘露还卡在喉咙里，所以他的头升到了天上，变成了不死之头，他的身体则掉了下来。

从此之后，失去了身体的罗睺一直在天上追逐太阳神和月亮神，想要报仇。有时候，罗睺抓住了太阳或者月亮并吞掉，因为罗睺没有身体，太阳和月亮就会从他的嗓子里跑出来。据说这也是人间日食和月食现象的由来。

阅 读 心 得

　　提婆神族和阿修罗族本来是仇人，但是为了搅动乳海，获得不死甘露，他们团结合作，得到了不死甘露。这个故事告诉我们，一个人的力量是有限的，单打独斗难以将事情做大做全。团结一切可以团结的力量，再大的困难也会迎刃而解。

恒河下凡

阿修罗族被天神赶到海底后，一直想要找机会毁灭世界。那时，世界上有许多婆罗门，他们教给人们知识，将善良、守信、友善的信念传递给大众。阿修罗认为，要想毁灭世界，首先必须杀死这些婆罗门，失去了知识和信念，人类自然会走向灭亡。于是，阿修罗每天晚上都会从海底跑出来大开杀戒，他们无情地将找到的婆罗门全部杀死。等到天亮时，大地上都会堆满婆罗门的尸体，他们的鲜血染红了地面。人们被这幅恐怖的场景吓坏了，躲藏到了深山中，想要躲开阿修罗的追杀。

众神看见了人间的惨状，心痛万分，他们来到保护之神毗湿奴的宫殿中，对他说："尊敬的毗湿奴，请你想办法救救可怜的人们吧。"毗湿奴说："阿修罗都藏身海底，谁也没办法找到他们。只要让他们从海底现身，我们就能轻松打败他们了。你们去找婆楼那的儿子阿竭多吧，他能够把海水全部喝掉。"

天神们找到了阿竭多，阿竭多张开嘴，一口气把大海里的水全部喝到了肚子里。大海干涸了，阿修罗不得不从海底跑了出来。天神们运用神力打败了阿修罗，让他们没有办法再残害百姓。

人间恢复了平静，人们重新回到了城市，婆罗门们又开始向人们传授知识和信念。但还有一件事困扰着天神，那就是大地上没有了大海。天神们又找到创造主梵天，向他请教让大海恢复原样的办法，梵天预言说："这一切都需要时间，等阿逾陀城的国王跋吉罗陀出生后，大海就会重新出现了。"

当时，阿逾陀城的国王是萨竭罗，他的父亲在他出生前就死去了。萨竭罗出生后，母亲将他送到了奥尔瓦仙人身边学习武艺，在静修林中修行。萨竭罗长大后回到自己的国家，带领阿逾陀城的军队和百姓，齐心合力打败了入侵的敌人，还兼并了周边一些领土，成了百姓爱戴的国王，但有件事却一直困扰着萨竭罗。原来，萨竭罗一直想要个孩子，他虽然有两个王后，但这两个王后都不能生育。为了得到孩子，萨竭罗日复一日虔诚地祈祷，他的诚心感动了天神。天神对萨竭罗说："你是个虔诚的信徒，你会如愿以偿的。你的两个妻子都会生下孩子，其中一个会生下一个儿子，另一个则会生下六万个儿子。"

不久之后，萨竭罗的王后柯西尼生下了一个儿子，萨竭罗给他取名为阿萨曼贾，并封他为太子。另一个王后苏利蒂则生下了一个大南瓜。萨竭罗想要把南瓜扔掉，可是他刚一碰到南瓜，天上就传来一个声音："这是你的儿子，你不能将其扔掉。你取出南瓜籽，把它们放在六万个油瓶里，就会得到六万个儿子了。"萨竭罗按照天神的指示行事，果然得到了六万个儿子，他高兴极了，不住地向天神道谢。

太子阿萨曼贾从小就不学无术，经常仗势欺人，长大后更是变本加厉，以残害百姓为乐。萨竭罗非常生气，就废了他的太子之位，把他流放到荒漠。伤心的萨竭罗想从剩下的六万个儿子中选出一个贤明的人作为继承者，可是这些儿子从小娇生惯养，暴虐成性，总是欺负城里的百姓。

百姓一提到王子们就恨得咬牙切齿。他们还十分傲慢，连天神都不放在眼里。于是，天神和人类一起将王子们的恶行告诉了梵天，梵天安慰他们说："恶人自有恶报，用不了多久，他们就会自取灭亡了。"

没多久，萨竭罗举行了盛大的祭马仪式，奇怪的是祭马跑到大海干涸的地方就神秘失踪了。为了追踪祭马，六万个王子来到干涸的海底。他们在地面上发现了一条裂缝，就顺着裂缝使劲挖了下去，一直挖到了地下世界的最深处。在这里，六万个王子看见了丢失的祭马，马身边还坐着一个正在修行的隐士。王子们认定这个隐士就是偷马贼，他们骂骂咧咧地走了过去，牵起马就要走。隐士被吵醒了，他愤怒地看着王子们，王子们身上瞬间就起了火，不一会儿就化成了灰烬。原来，这个隐士是毗湿奴大神转世的迦毗罗。

萨竭罗听说这个消息后，伤心极了，但他明白儿子们触怒的是天神，他叫来自己的孙子安舒曼说："现在我身边的亲人只剩下你了，你帮我去寻找祭马吧。"

安舒曼是萨竭罗的大王子阿萨曼贾的儿子，他为人善良正直，和自己的父亲截然不同。安舒曼也来到了干涸的海底，沿着裂缝到达了世界最深处，看到了祭马和修行的隐士。安舒曼恭恭敬敬地跪在隐士面前，轻声说明了自己的来意。

隐士见安舒曼很有礼貌，心生好感，他答应满足安舒曼一个愿望。安舒曼说："我没有别的愿望，只想洗刷萨竭罗六万个儿子的罪孽。"隐士答道："你以后会成为国王，你的孙子会让干涸的大海再次充满海水，到时候你叔叔们的灵魂也会得到解脱。不过，前提是你的孙子必须使恒河女神下凡。恒河女神是喜马拉雅山和须弥山的女儿，只有恒河的水才能洗刷你叔叔们的罪行。"

安舒曼带着祭马回到了王宫，将隐士的话告诉了国王萨竭罗。萨竭罗听说儿子们的罪行会得到宽恕，欣喜万分。萨竭罗去世后，安舒曼成了新国王，后来他的儿子底离钵又继承了王位。底离钵的儿子就是预言中能重新填满大海的跋吉罗陀。

跋吉罗陀既勇敢又能干，他从小就听祖父安舒曼说自己长大后会填满大海，于是暗自许下心愿，一定要刻苦修行，完成自己的使命。跋吉罗陀长大继承王位后将国家交给了别人，独自来到喜马拉雅山上修行，希望能够让恒河女神下凡。他不怕艰苦，想尽各种办法磨砺自己，苦修了整整一千年。

一千年之后，恒河女神被跋吉罗陀感动，来到跋吉罗陀面前，问道："你如此辛苦地修行是为了什么呢？"

跋吉罗陀答道："我需要用你的圣水填满大海。"

恒河女神说："我很想要帮助你，但是如果我把河水直接倒入大地的话，大地恐怕会塌陷。整个世界都会被河水淹没。你必须想办法让恒河水从天降下时得到缓冲。你去问问湿婆大神有没有办法吧。"

跋吉罗陀去寻找湿婆大神，但不知道在哪儿才能找到湿婆大神，于是他又开始了刻苦的修行。许多年以后，湿婆大神感受到了跋吉罗陀的虔诚，出现在跋吉罗陀面前，答应帮助他将恒河水引入大地。

他们一起来到了喜马拉雅山，跋吉罗陀对着天空高喊："伟大的恒河女神哪，请你发发慈悲降落到人间吧，为我的祖先，也为这世人洗刷罪行吧！"

这时，天空中倾泻下瀑布般的大水，湿婆大神见状，急忙冲上前去，用自己的前额缓解了恒河水的巨大冲力，让水顺着自己的身体流向大地。恒河水源源不断地流淌着，填满了干涸的海底。跋吉罗陀终于完成了自己

的使命。

从那以后，恒河之水就留在了人间，湿婆大神也成了恒河的保护神。

　　萨竭罗的六万个儿子暴虐成性，被迦毗罗烧成了灰烬。安舒曼善良正直，获得了迦毗罗的欣赏，当上了国王，他的孙子刻苦修行，引来了恒河下凡，填满了大海。这个故事体现了"善有善报，恶有恶报"的思想。我们要努力做善良正直的人。

风神之子

相传在须弥山上有一个猴子部落。部落的首领叫吉萨领，其妻子安舍那本来是一位仙女，由于犯了错，她被天神变成了母猴，嫁给了吉萨领。

一天，安舍那在散步时被风神婆瘦看见了。风神见安舍那长得花容月貌，姿态优雅得体，心中生出了爱慕之意。风神悄悄地来到安舍那身边，伸手抱住了她。安舍那吓得大喊起来："救命啊，救命啊！"

风神在安舍那耳边轻轻地说："我是风神，你不要再叫了，我不会伤害你的。我将送给你一个聪明强壮的儿子，他会成为举世闻名的大英雄！"后来，安舍那果然生下了一个儿子，是只健康的金色小毛猴。她怕丈夫知道这件事，就把儿子独自留在了草地上，自己匆匆离开了。

草地上的小毛猴饿得嗷嗷直哭，他看见太阳从天边升起，以为这是一个巨大的桃子，就使劲一蹬腿，跳到了天空中，想要把太阳摘下来吃。众神看见一只小毛猴在天空中飞，都惊呼了起来："天哪，那一定是风神的孩子！你看他飞得多快，就像风一样。"风神看见自己的孩子冲着太阳飞去，怕他被太阳的光芒烧伤，就使劲吹起了风，想要帮儿子降温。太阳看见这只小毛猴马上要撞上自己了，连忙侧身躲开了。

一直跟在太阳身后，想要吞食太阳的罗睺也看见了这只小毛猴，认为他要和自己抢太阳，就跑到天帝那里告状说："天帝呀，有只小毛猴要破坏这世上的规律，想要吃掉太阳。太阳和月亮一直是我的食物，怎么能被别人抢走呢？你快去管管吧。"

天帝因陀罗听了罗睺的话，就骑上自己的坐骑，拿着金刚杵来到太阳这里。小毛猴看见没有身体的罗睺，以为那也是一个果子，就冲着他跑了过去，想要把他也吃掉。小毛猴的速度快极了，罗睺吓得到处乱滚，一边滚一边喊着让天帝救救自己。天帝举起金刚杵说："别怕，我来收拾他。"说完，他将金刚杵向小毛猴打去。小毛猴被打到了地上，下巴摔歪了，身体也摔疼了。小毛猴心想："我本来想要吃点果子填饱肚子，可折腾了这一大圈，不但没有吃饱肚子，还被打得头晕眼花，实在是太倒霉了。"想到这儿，他不由得号啕大哭起来。

风神见儿子受了欺负，就想要替儿子报仇。风神来到地上，扶起正在哭泣的儿子安慰了一番后，带着小毛猴藏到了山洞里。一连好几天，风神都躲在山洞里不肯出来。没有了风，天帝没有办法下雨，空气也没有办法流通，地上的人和动物都热得喘不过气来。

众神都来到创造之神梵天的宫殿中，请梵天解救大家。梵天说："天帝被罗睺挑拨，打了风神之子，风神是为了报复天帝才躲起来的。现在除非他自己愿意出来，否则谁也没办法创造风啊。"

为了向风神求情，众神都来到风神和他儿子藏身的山洞口，请他手下留情，解救苍生。天帝因陀罗也亲自来到山洞口，恭恭敬敬地向风神道歉。但风神还是不肯轻易原谅天帝，他说："我的儿子摔伤了下巴，不能就这么轻易算了！"为了让风神消气，梵天要求其他天神赐福给小毛猴。此后，小毛猴拥有了无限神力，可移动山岳，可捕捉行云。他的面容和身躯也可随意变化。风神这才带着儿子走出了山洞，吹起了一丝丝凉风。

此后，风神之子靠着自己的本领建功立业，成了举世闻名的大英雄。因为他曾经摔歪了下巴，所以人们叫他"哈奴曼"，意思是"烂下巴"。

阅 读 心 得

　　神猴哈奴曼出身不凡，又有众多天神赋予无边神力，本身又勇敢机敏，所以能成为举世闻名的大英雄。我们也许没有得天独厚的条件，不能成就惊天动地的大事业，但仍需努力拼搏、积极进取，成就属于自己的辉煌。

大鹏救母

创造主梵天有两个漂亮女儿，一个叫迦德卢，一个叫毗娜达，她们都是仙人迦叶波的妻子。迦叶波很喜欢这两个聪明美丽的妻子，他对她们说："你们有什么愿望呢？我愿意帮你们每人实现一个愿望。"

迦德卢说："我希望能生下一千个蛇子，他们个个长寿，还拥有神辉。"

毗娜达说："我只要两个儿子就够了，但是他们要勇气过人，力量超群，能力超过迦德卢的一千个儿子。"

迦叶波答应了两个妻子的要求。

不久，迦德卢产下了一千个蛋，毗娜达也产下了两个蛋，她们精心地保护着自己的蛋，等待着儿子们破壳而出。五百年后，迦德卢的一千个儿子出生了，可毗娜达的蛋还是丝毫没有动静。毗娜达看见迦德卢被儿子们围绕的样子，十分羡慕，于是她迫不及待地敲开了自己的一个蛋。这一敲可把毗娜达吓坏了，在裂开的蛋壳中，儿子上半身已经长好，下半身却还未成形。此刻，男孩正愤怒地瞪着自己的母亲，恶狠狠地说："母亲，我的下半身还没有长成，你就敲开了我的蛋，我将永远承受常人难以想象的痛苦。我变成这个样子，都是你的错，你要为此付出代价，受到惩罚。你将会成为迦德卢的奴隶长达五百年，直到另一个儿子来拯救你。所以，你要耐心等待他的出生，不要再毁了他。"说完之后，这个残缺不全的儿子飞上了天空。有了这个教训，毗娜达再也不敢去碰另一个蛋。她耐心地守护着自己的另一个没出生的儿子。

一天，毗娜达和迦德卢外出散步，忽然看见一匹马从她们眼前一闪而过。于是姐妹二人就马的颜色打了个赌，她们约定谁输了谁就要做对方的奴隶。毗娜达说马是纯白色的，迦德卢说马身是纯白色的，但马尾是黑的。毗娜达觉得自己看得真切，一定能赢。可没想到的是，迦德卢使用了诡计，她让自己的儿子们变成乌黑的毛，附在马尾上。如此一来，毗娜达自然赌输了，不得不依照约定，来到迦德卢的领地，做了她的奴隶。

这时，毗娜达的另一个蛋有了动静，一只大鹏金翅鸟破壳而出，飞到了空中。大鹏金翅鸟像烈火一般发出了耀眼的光芒，众神被这光芒折服，来到大鹏金翅鸟面前，大大称赞了一番后，请求他收起自己的光芒，以免伤害了众神。受到众神赞美的大鹏金翅鸟很高兴，于是答应了众神的要求。

为了寻找母亲，大鹏金翅鸟飞过了千山万水，终于在迦德卢的小岛上看到了自己母亲。毗娜达见到儿子十分高兴，她紧紧地抱住儿子，再也不想和他分开。从此之后，大鹏金翅鸟和毗娜达一起在岛上侍奉迦德卢。迦德卢对他们母子俩颐指气使，还总是让大鹏金翅鸟背着自己的蛇子们到处游玩。

一天，大鹏金翅鸟又被迦德卢骂了，他不解地问毗娜达："母亲，我们为什么要听迦德卢的呢？为什么你会成为她的奴隶呢？"毗娜达把自己和迦德卢打赌的事告诉了大鹏金翅鸟。大鹏金翅鸟听了十分难过，他找到蛇子们，问道："你们想要什么条件呢？只要能解救母亲，我愿意用一切来交换。"

蛇子们说："要想救你的母亲，只有一个办法，那就是拿到众神从乳海中取得的甘露。现在那甘露放在三十三重天，只要你能够带回甘露，我们就会放了你的母亲。"

听了蛇子们的话，大鹏金翅鸟毫不犹豫地出发了。路上，大鹏金翅鸟遇上了正在修行的父亲迦叶波，他问大鹏金翅鸟要到哪儿去，大鹏金翅鸟说："亲爱的父亲，为了解救我可怜的母亲，我必须到三十三重天去取甘露。请你告诉我要怎么做才能成功。"迦叶波指引大鹏金翅鸟吃掉了仙人变成的乌龟和大象，获得了无比强大的力量。

获得力量的大鹏金翅鸟来到了三十三重天。天神们早就得知了大鹏金翅鸟会来窃取甘露的消息，他们把甘露团团围住，想要保护甘露。大鹏金翅鸟扇动翅膀，刮起了一阵狂风，天神们被吹得东倒西歪。倒在地上的天神们将手中的武器拼命地向大鹏金翅鸟扔去，可是大鹏金翅鸟轻轻松松就把这些武器击落在地。他乘胜追击，一口气撕碎了好几个天神的身体。

眼看大鹏金翅鸟就要得到甘露了，天神们急忙在甘露周围变出了熊熊烈火，想要阻挡大鹏金翅鸟。大鹏金翅鸟不慌不忙地张开嘴巴，将大地上河流湖泊里的水全部吸到了自己的肚子里，又把这些水喷在了火上，扑灭了大火。

在甘露的前方，有一个巨大的刀轮，它是众神用来保护甘露的法宝。刀轮的轮子是用锋利的刀片做成的，它不停地旋转着。大鹏金翅鸟仔细观察了一番，他将自己的身体缩到了最小，瞅准机会跑到了刀片之间的缝隙里，彻底破坏了刀轮。

接下来，大鹏金翅鸟又遇上了两条火龙，这两条火龙从口中喷出熊熊烈火，守护着甘露。大鹏金翅鸟用沙子眯住了火龙的眼睛，趁机将火龙杀死了。大鹏金翅鸟终于得到了甘露，他早就听说喝了这甘露能长生不老，但是他还是一口没喝，而是马不停蹄地拿着甘露去救自己的母亲。

返回的途中，大鹏金翅鸟遇上了保护之神毗湿奴，毗湿奴见大鹏金翅鸟没有偷喝甘露，对他十分赞赏。毗湿奴问："你有什么愿望呢？我愿意满足你的愿望。"

大鹏金翅鸟说："我想要长生不老。"

毗湿奴一口答应了下来。

大鹏金翅鸟接着说："为了感谢您，我也愿意满足您一个心愿，请您尽管提吧，只要我能做到，我一定不会拒绝。"

毗湿奴说："我想让你做我的坐骑，救了你母亲之后，你就来找我吧。"

告别毗湿奴后，大鹏金翅鸟继续向前飞。这时，天帝因陀罗拿着金刚杵追了上来，想要从大鹏金翅鸟手里夺回甘露。可不管天帝怎么打，大鹏金翅鸟的身上都没有掉下一根羽毛。大鹏金翅鸟对天帝说："老实说，我对这甘露一点兴趣也没有，可是为了救我的母亲，我不得不夺走甘露。我向你发誓，我不会让任何人喝一口甘露，等我的母亲得救后，你就拿回甘露吧。"

天帝被大鹏金翅鸟的正直和孝顺感动，他说："我愿意许给你一个恩典。你想要什么呢？"

大鹏金翅鸟想到自己的母亲是被迦德卢的蛇子们所害，就说："我想让那些蛇做我的食物。"

天帝答应了大鹏金翅鸟的请求。

回到迦德卢的小岛后，大鹏金翅鸟把甘露拿给了蛇子们，他告诉他们，只有沐浴更衣后才能够享受这甘露。蛇子们依照约定放了大鹏金翅鸟的母亲。趁蛇子们洗澡时，天帝取走了甘露，带回了三十三重天。

之后，大鹏金翅鸟成了毗湿奴的坐骑，拥有了永生的能力，每当他看见大蛇时就会将其吞掉。

阅 读 心 得

　　大鹏金翅鸟为了救母亲，历经千辛万苦抢了甘露，他不贪心，没有偷喝甘露，他的孝顺和正直感动了毗湿奴和天帝，最后成功用甘露救了母亲，还成了毗湿奴的坐骑。我们要学习大鹏金翅鸟孝顺、正直的品质，也要学习他不怕困难、勇往直前的精神。

情 节 档 案

起因： 迦德卢和她的蛇子们使用计谋，让毗娜达成了迦德卢的奴隶，在一座小岛上受苦。

经过： 毗娜达产下的蛋孵化出大鹏金翅鸟。大鹏金翅鸟飞过千山万水找到了母亲。他为了解救母亲，决定去三十三重天夺取甘露，途中经父亲指点，获得了神力。

高潮： 大鹏金翅鸟来到三十三重天，打倒了天神，扑灭了大火，破坏了刀轮，杀死了火龙，终于得到了甘露。他回到迦德卢的小岛上，施巧计救出了母亲。

结局： 大鹏金翅鸟因正直和孝顺得到保护之神毗湿奴的赞赏，获得了永生的能力，还做了毗湿奴的坐骑。天帝还同意他把迦德卢的蛇子们作为食物。

巴比伦的创世纪

在宇宙尚未形成时，到处是一片混沌和黑暗，没有天，没有地，也没有一丝生机。在那个让人无法想象的宇宙中，只有两位天神浑浑噩噩地蜷在里面。他们是负责统治淡水的神阿普苏和负责统治咸水的神提亚玛特。

不知过了多少亿年，阿普苏统治的淡水和提亚玛特统治的咸水混合到了一起，他们生下了许多孩子。在阿普苏和提亚玛特的孩子中，有一个男孩叫安沙尔，有一个女孩叫吉沙尔，他们长大后结成了夫妻，又生下了天神安努和水神埃阿。

随着时间的推移，阿普苏和提亚玛特的后代变得越来越多。这些年轻的神根本不遵守宇宙的秩序，整天嬉戏胡闹，阿普苏和提亚玛特被他们骚扰得根本不能好好休息。终于有一天，阿普苏再也无法继续忍受下去了，他把提亚玛特和一个叫穆穆的神叫到了一起，一同商讨如何处置这些不守秩序的神。

"这些年轻的神实在是太无法无天了，必须给他们点颜色看看，我认为最好把他们全都杀掉，这样宇宙才能恢复安宁和平静。"阿普苏怒气冲冲地说。

提亚玛特拒绝了阿普苏的提议，她说："他们的行为确实很讨厌，但都是我们的孩子，我们怎么能狠心地把他们杀掉呢？我觉得我们还是应该给他们一些机会。"

穆穆看了看阿普苏，又看了看提亚玛特，说："我同意阿普苏的提议，他们确实太不像话了，依我看，无论再给他们多少次机会，他们也不会改变的。除了除掉他们，我们没有别的办法了。"

得到了穆穆支持的阿普苏下定决心除掉这些年轻的神。

然而，这个消息很快就传到了孩子们的耳中，他们决定先下手为强，在阿普苏动手之前先制服他。可是阿普苏的力量十分强大，要如何才能打败他呢？聪明又勇敢的水神埃阿想到了一个好主意，他使用咒语催眠了阿普苏，趁他睡觉时砍掉了他的头，并夺走了他的王冠。就这样，在这场斗争中，年轻的神们取得了胜利。

之后，埃阿和妻子达姆吉娜在阿普苏统治的淡水区域建立了自己的宫殿，他们生下了一个叫马尔都克的孩子。马尔都克是与众不同的双体神，他有两个身体、四只眼睛和四只耳朵，最特别的是，他的口中还能喷出熊熊火焰。

与此同时，埃阿的兄弟——天神安努创造出了风，他整天带着风到处走，狂风将提亚玛特所统治的咸水区域吹得乱七八糟。忍无可忍的提亚玛特决定创造出怪兽来对付这些年轻的神，替死去的丈夫报仇。提亚玛特一口气创造了许多怪物，比如毒蛇、巨龙、巨狮，还有半人半马的怪兽和半人半蝎的怪兽。

年轻的神们知道自己不是提亚玛特和怪兽的对手，谁也不敢主动迎战。这时，埃阿的儿子马尔都克站了出来，他说："我愿意去对付这些怪兽，保护众神。"为了让众神相信自己，马尔都克向他们展示了自己的神力。见识到马尔都克的神力后，众神心悦诚服地奉他为众神之王，他们将自己的武器都送给了马尔都克，安努也把自己创造出的风借给了马尔都克，大家都期待着马尔都克能得胜而归。

战斗开始了，马尔都克怒气冲冲地对提亚玛特说："你为什么要对付自己的孩子呢？你应该好好爱他们，保护他们才对。既然你要和我们作对，那就让我看看你的本事吧。"提亚玛特听了马尔都克挑衅的话，气得浑身发抖，她大叫着向马尔都克冲了过去。马尔都克用巨大的网套住了提亚玛特。气疯了的提亚玛特张开了大嘴，一口吞掉了马尔都克。马尔都克趁机把风带到了提亚玛特的肚子里，让它们上下翻滚，把提亚玛特的肚子撑到了最大。最后，马尔都克拿出了巨大的弓箭，射死了她。

提亚玛特死后，马尔都克把她的身体分成了两半，一半变成了天空，另一半变成了大地，提亚玛特的唾液则变成了天上的云朵。接着，马尔都克把提亚玛特的头变成了大地上的高山，让底格里斯河和幼发拉底河从她的双眼中流了出来。马尔都克让安努统治天空，让自己的父亲埃阿统治大地，让一个叫恩利尔的神统治天地之间的空间。

之后，马尔都克又创造出了太阳和月亮，把天上的星星分为十二星座，规定每一位天神都要找一个自己的星座，而且要时刻监督它们，使它们按照各自的轨道运行。他还将一年分成了十二个月，又把每个月分成了三十天，命令月神每天以不同的大小出现，这样众神就能够通过月亮的形状来判断日子。最后，马尔都克创造出了人，让他们在大地上生活，生生世世侍奉神灵。从那以后，天神们过上了舒适的生活，因为人类接替了他们的工作，而且经常给他们送去各种祭品。人类也从天神那里获得了祝福，世代繁衍下去，世界变得越来越热闹了。

创造出天和地后，马尔都克又在大地上修建了一座富丽堂皇的庙宇，把它叫作"巴比伦",意思是"神的宫殿",这也是众神在大地上的住所。巴比伦建好后,众神都聚集在这里,他们将众神之王马尔都克的功绩告诉了人类,并教导他们要永远敬仰和爱戴马尔都克。

　　在众神的争斗中,马尔都克勇敢地站了出来,打败了提亚玛特和怪兽,保护了众神,成了众神之王,并创造了人类和巴比伦。我们要像马尔都克一样,有不怕困难的精神,勇敢地迎接挑战。

吉尔伽美什与恩奇都

　　吉尔伽美什是全知女神马特宁孙和乌鲁克国王卢加尔班达的孩子，他七分是神，三分是人。为什么这样说呢？原来在人类被创造出来后，起初人间秩序井然，但随着人口数量的增多，人间开始出现杀戮和争斗。众神意识到了问题的严重性，于是纷纷来到天神安努那里商量对策。商讨之后，众神决定创造一个符合他们心意的人间统治者，在人间创建秩序。大神乌鲁鲁用深海海底的上等泥团捏出了一副魁梧的身躯，生育之神赋予了他男性的魅力，太阳神赋予了他英俊的外表，雷神赋予了他无穷的力量和勇气，智慧女神赋予了他智慧。在众神的努力下，这个人间的统治者降生在了乌鲁克国，他就是吉尔伽美什。

　　吉尔伽美什长大后，继承了父亲的王位，成了乌鲁克国的国王。因为超凡的武力和智慧，吉尔伽美什很快征服了这里的居民。在他的统治下，人间秩序井然，没人敢再生事端。众神都为此感到高兴。

　　吉尔伽美什在武力、勇气和智慧方面是当之无愧的大英雄，但作为国王，他却不是一个贤明的君主。他在乌鲁克国里为所欲为，常常仗着自己的权势欺压士兵和百姓。他的残暴统治很快激起了民愤，可是他勇武异常，没有人是他的对手，所以人们无力反抗。最后，饱受折磨的百姓将吉尔伽美什的暴行告诉了天神安努，祈求天神的帮助。天神安努听到了百姓的诉说，便让大神乌鲁鲁再创造一个与吉尔伽美什同样出色的人，让这个人去对抗吉尔伽美什。

大神乌鲁鲁回到家后，用一块湿泥捏出了半人半兽的英雄恩奇都，并赐予他如吉尔伽美什一样的勇气和力量，让他去对付吉尔伽美什。

恩奇都找到吉尔伽美什后，和他大打出手，他们从天亮打到天黑，又从天黑打到天亮，始终不分胜负。最后，筋疲力尽的吉尔伽美什被恩奇都打败了，但他心中却对恩奇都产生了一种惺惺相惜的情感。就这样，吉尔伽美什和恩奇都成了一对好朋友。恩奇都与吉尔伽美什一起回到了乌鲁克的王宫，成了吉尔伽美什的得力助手。

吉尔伽美什听说森林中有一个名叫洪巴巴的怪兽到处作恶，搞得生灵涂炭，而且绑走了女神伊什塔尔，于是向恩奇都征询意见。恩奇都劝说吉尔伽美什不要去冒险，那个怪兽十分可怕，它的叫声能引起山洪暴发，嘴巴能喷出烈火。吉尔伽美什却毫不畏惧，他说不要长怪兽志气，失了英雄气概，哪怕是战死也可以流芳百世。

为了打倒怪兽洪巴巴，吉尔伽美什和恩奇都带着五十个年轻人来到了怪兽所在的雪松林。面对着巨大的怪兽，吉尔伽美什鼓起勇气说："我是乌鲁克的国王，今天我来这里就是为了杀死你。"洪巴巴不屑地看着吉尔伽美什，它不相信眼前这个人能够打败自己。这时，太阳神沙玛什刮起了一阵强风，帮吉尔伽美什困住了怪兽。吉尔伽美什和恩奇都趁机一冲而上，把洪巴巴杀了。

吉尔伽美什杀死怪兽的消息传遍了整个乌鲁克国，就连天神也对他的勇气敬佩不已。女神伊什塔尔对吉尔伽美什十分敬佩和倾慕，一心想要

做他的妻子。于是，伊什塔尔来到凡间，对吉尔伽美什说："大英雄，请你和我结婚吧。我会送给你一辆纯金的马车，还会让高山和田原都向你进贡，把最美味的食物献给你。"

吉尔伽美什却对伊什塔尔一点也不感兴趣，他拒绝了女神的求婚，还狠狠地羞辱了她。伊什塔尔气坏了，她派了一头天上的公牛来对付吉尔伽美什。勇敢的吉尔伽美什和恩奇都与天牛展开了殊死搏斗，他们合力杀死了天牛。伊什塔尔借机找天帝告状："吉尔伽美什和恩奇都这两个凡人居然杀死了天上的神兽，实在罪不可赦，请赐死他们中的一个吧。"最后，天帝决定杀死恩奇都。

恩奇都死后，吉尔伽美什伤心不已，他第一次感觉到了死亡的可怕。吉尔伽美什听说"天涯人"乌塔纳庇什庭知道如何才能变成长生不老的天神，就踏上了寻找"天涯人"的旅程。吉尔伽美什翻山越岭，跨过了茫茫草原和无边的沙漠，历经千辛万苦，终于找到了乌塔纳庇什庭。乌塔纳庇什庭对他说："你要是想变成天神，获得长生不老的能力，首先要拥有像天神一样无穷无尽的精力。如果你能连续走上六天七夜，不休息不睡觉的话，我就把成为天神的方法告诉你。"

吉尔伽美什头也不回地走了起来。当夜幕降临时，吉尔伽美什努力睁大双眼，想要坚持下去，但是困意止不住地袭来，他还是睡着了。吉尔伽美什醒来后，失望地看着乌塔纳庇什庭，他知道自己想要获得永生的愿望落空了。乌塔纳庇什庭安慰道："你已经拥有了比普通人强大的能力。你能够杀死怪兽，也能够制服天牛，还能够治理好国家。你身上的英雄气概就是上天送给你的最好的礼物。所以，不要再伤心流泪了，也不要再惧怕死亡，利用你的天赋去帮助更多的人吧。"

听了乌塔纳庇什庭的话，吉尔伽美什顿悟了，他不再为生命的不公而抱怨，也不再畏惧死亡，决定做一个好国王。在吉尔伽美什离开前，乌塔纳庇什庭同他说："虽然我不能让你永生，但是我却能让你在活着的时候永远保持青春。在海底有一种仙草，它能够让你永远不会老，你想办法去得到它吧。"

吉尔伽美什在自己的两只脚上绑上了大石头，带着一把剑来到海底，采到了仙草。他小心翼翼地把仙草收藏好，踏上了回家的旅程。在路上，一条蛇闻到了仙草的香味，偷走了仙草。等吉尔伽美什发现时，蛇已经把仙草吃完了。吃下仙草的蛇蜕了一层皮，变成了年轻的样子，游回了河里。吉尔伽美什看着重获青春的蛇，叹了一口气说："既然天命如此，我只能两手空空地回家了。"

吉尔伽美什经历了这个漫长的旅途，已经不像一开始那样冲动和莽撞了，他开始学着接受命运的安排，学着让自己平静下来。回到乌鲁克国后，吉尔伽美什不再欺压百姓，他和善地对待每一个臣民，帮助他们解决困难，保护他们不受欺凌，将国家治理得井井有条。吉尔伽美什没有找到长生不老的方法，但是乌鲁克国却收获了一位好国王。

阅读心得

吉尔伽美什一开始是个暴君，在他的好朋友恩奇都死后，他顿悟了，成了一位好国王。读了这个故事，我们和吉尔伽美什一样明白了生命的神圣，我们不要一味抱怨命运的不公平，而是要用自己的双手创造属于自己的辉煌。

光明与黑暗之争

在波斯的神话传说中，宇宙的发展分为三个时代：创世时代、光明与黑暗之争时代以及现在我们所处的时代。宇宙的每个时代都会持续三千年之久，当第一个三千年过去后，宇宙就迎来了第二个三千年：光明与黑暗之争时代。

这是一个可怕的充满血腥的时代。这个时代到来时，光明的力量正在逐渐减弱，黑暗的力量则在不断增强。被咒语封印的魔神阿哈里曼冲破了咒语的束缚，带着他的黑暗军团从地下的黑暗世界里冲了出来。他自信满满地向善神阿富拉·马斯达发起挑战，打算将光明全部吞噬。

为了阻挡阿哈里曼的进攻，大地上所有的高山都联合起来，它们把自己深深地埋入大地，在地下形成了坚不可摧的联盟，将黑暗军团围困在中间，从此之后，大地上的山峰都变得无比坚固。但这些高大的山峰并不能阻挡魔神进攻的步伐，为了对付高山联盟，阿哈里曼创造出了毒蛇、蝎子、蜥蜴和青蛙等可怕的生物，让它们在山林间到处搞破坏。这些毒物摧毁了植物，将山林搞得一片狼藉。

善神阿富拉·马斯达看到山林间的惨状，便派天狼星下界，让他消灭这些有毒的生物。天狼星变出了牛、马、羊和人类，让这些生物一起来消灭毒物。善神也在天空中发出了璀璨的光芒，帮助天狼星对付毒物。战斗持续了三十天后，魔神阿哈里曼创造出的毒物终于被消灭了，善神和天狼星取得了胜利。

为了彻底洗刷大地上的邪恶，阿富拉·马斯达降下了一场瓢泼大雨。大雨过后，天狼星发现许多毒物的毒气和毒液仍然残留在大地上，就变成了一匹白色的天马，用它长长的尾巴清扫剩余的邪恶。

魔神阿哈里曼不甘心这样放弃，他将黑暗世界的干旱魔神召唤出来，让他变成一匹短尾黑马来对付天狼星。变成白马的天狼星还没有清除完毒气和毒液，干旱魔神就向大地施展了干旱魔法。一时之间，干旱蔓延了整个大地，加上残留的毒气和毒液，大地又变得一片荒凉。

善神阿富拉·马斯达见天狼星支撑不住了，就施展了法力，赶走了干旱魔神变成的黑马。为了缓解干旱，善神使世界刮起了狂风，把地面上所有的水都卷到了大海里。天狼星又把大海里的水放到天上的云彩里，于是天空开始下雨。十天之后，大地不再干旱。但是从此之后，大地就变成了七大块，就是现在的七大洲。

在大雨中，有一些毒液随着雨水浸入了大地，变成有毒的地下水汇入了大海。扎根在海里的具有神力的原草木吸收了有毒的海水，开始枯萎。阿哈里曼趁机施展魔法，彻底摧毁了原草木。

负责管理原草木的守护神伤心不已，他对善神说："伟大而光明的阿富拉·马斯达，我没能看管好原草木，现在它们已经被摧毁，我要如何做才能让它们复原呢？"

善神说："不要担心，原草木虽然失去了形体，但是它们的能量并没有消失。这不是你的错，从宇宙形成的那一刻起，这一切就已经注定了。

现在毒液已经渗入了地下，流入了海水，它会带来更多的灾难。不久之后，阿哈里曼还会带来十万病魔，到时候世界将会迎来灭顶之灾。"

守护神大吃一惊，他急忙问道："难道我们就没有办法对付他了吗？我们该做些什么呢？"

善神微微一笑，说："正如我说过的一样，这一切从宇宙诞生那一刻起就已经注定了。你把原草木的枯枝捻成碎末，再把它们投入水中，让天狼星将这些水变成雨水。获得了原草木神力的雨水自然会解救世界的。"

守护神按照善神的嘱咐，将原草木碎屑投入水中，这些水变成雨水后消除了病魔。从此，世界上就有了各种各样的草药和药水。之后，善神在宇鲁卡夏海种下了一棵树，用来代替之前的原草木。这棵树长得比原草木还要高，还要强壮，它吸引了许多沙耶鸟来筑巢，因此人们将它称为沙耶树。

魔神再次失败了，恼羞成怒的他又创造出了一种新的东西——衰老。世界上的万事万物都会被衰老感染，它们会快速地衰弱，没多久就迎来可怕的死亡。为了对付衰老，善神又创造出一种叫作白何姆树的植物，它能够抵抗衰老的侵袭。魔神恨得牙痒痒，他偷偷地变出了一只毒青蛙，让毒青蛙去咬断白何姆树的根。善神很快就发现了魔神的阴谋，他立刻变出了两条灵鱼，让鱼来对付青蛙，保护白何姆树。白何姆树终于得以保全。

魔神将自己的魔爪又伸向了洁白的原始牛，他用尽了全部的魔力，杀死了原始牛。原始牛虽然失去了生命，但是它体内的生命种子却升到了天空中，经过月光的照耀后，生命种子变得更加纯洁。

之后，成双成对的动物从生命种子中诞生，从此之后，大地上出现了更多的动物。原始人卡友马鲁斯则变成了波斯的第一个国王，从此波斯国出现了。

三千年后，光明最终战胜了黑暗，光明和黑暗之争时代结束了，属于我们的时代到来了！

> 魔神千方百计想要摧毁光明，善神兵来将挡、水来土掩，想尽了各种方法，阻挡魔神的袭击，保护世界，最终取得了胜利。这个故事告诉我们，邪恶的事物不会长久，善良和光明终会赢得胜利。

菜豆男孩

　　从前，在巴比伦有一对老夫妇，他们一直没有孩子。夫妇俩每天都虔诚地祈祷，祈求上天能够送给自己一个孩子。

　　有一次，妻子在做饭时不小心把一颗菜豆掉到了地上。这颗菜豆变成了一个孩子，孩子冲着妻子喊："妈妈，妈妈。"一开始，妻子还以为是自己听错了，后来，孩子的叫声越来越大，妻子才顺着声音看了过去。只见厨房里站着一个可爱的小男孩，他不停地喊着"妈妈"。妻子高兴极了，她一下子抱起小男孩，给他取名叫"菜豆男孩"。从此以后，菜豆男孩就和这对老夫妇生活在了一起，他为老夫妇带来了许多欢声笑语。

　　一天，菜豆男孩和其他孩子一起在森林里玩，他们玩得太开心了，一直到天黑才回家。夜幕降临了，森林里变得阴森森的，孩子们手拉着手，壮着胆子向前走。突然，一阵可怕的风刮了过来，一个魔鬼拦住了孩子们的去路，他不怀好意地说："现在天已经黑了，你们这样走太不安全了，万一碰到狼就会送了性命。不然你们今晚去我家住一晚吧，明天天亮了再继续赶路。"说完，魔鬼阴险地笑了起来。

　　孩子们吓得瑟瑟发抖，谁也不敢说话。菜豆男孩看了看魔鬼，又看了看身边的朋友们，心想："现在要是不答应他，恐怕他立刻就会把我们吃掉，不如先到他家去，再找机会逃走。"想到这儿，菜豆男孩就对魔鬼说："好吧，那我们就去你家里休息一晚上吧。"

一到家，魔鬼就催促着孩子们赶紧去睡觉，他想趁孩子们睡觉的时候把他们吃掉。过了一会儿，魔鬼见孩子们没了动静，就偷偷地来到孩子们的房间，轻声地问："孩子们，你们都睡了吗？谁还没有睡？"

菜豆男孩大声回答："菜豆男孩还没有睡。"

魔鬼懊恼地说："你为什么还不睡？"

菜豆男孩答道："妈妈每天在我睡觉前都要给我做好吃的。不吃东西我就饿得睡不着。"

为了让菜豆男孩能尽快睡着，魔鬼一边抱怨一边去给他做饭。饭做好后，菜豆男孩把其他孩子也叫醒，让他们和自己一起吃东西。吃饱后，孩子们又躺下了。

又过了一会儿，魔鬼再次来到孩子们的屋子里，问道："谁还没有睡？"菜豆男孩又大声回答："菜豆男孩还没有睡。"魔鬼不耐烦地问他为何不睡，菜豆男孩告诉魔鬼，自己每天晚上都要喝了月亮海的水后才能睡。魔鬼气得直跳脚，但为了让孩子们能睡着，他还是提着桶去打水了。

菜豆男孩知道月亮海在遥远的水晶山后面，来回得三个小时。于是，魔鬼走后，他就叫醒了其他孩子，让大家赶紧跑到森林里藏起来。小伙伴们都很感谢菜豆男孩，拉着他想要一起走。但是菜豆男孩却摇了摇头说："你们先走吧，我要留下来除掉魔鬼。放心吧，等我杀死魔鬼后就去找你们。"

三个小时后，魔鬼气喘吁吁地回来了，他看见家里只剩下一个孩子，气得吹胡子瞪眼。魔鬼张开大嘴，想要把菜豆男孩吃掉，可是他转念一想："菜豆男孩把我折腾得团团转，我也得折磨折磨他才行。"于是，魔鬼把菜豆男孩装到了袋子里，用绳子紧紧地把袋子口绑了起来，骂骂咧咧地出去找棍子了。

菜豆男孩趁机在袋子上撕了个小口子，从袋子里钻了出来，他把魔鬼家里的猫放进了袋子里，自己则躲在了一边。魔鬼拿着棍子回来了，他恶狠狠地抽打着袋子，袋子里的猫发出了撕心裂肺的叫声。魔鬼急忙打开袋子，发现自己最喜欢的猫已经被打死了。魔鬼简直要气炸了，他发疯般地在屋子里四处寻找，不一会儿就把菜豆男孩找了出来。魔鬼张开嘴巴，要吞掉菜豆男孩。这时，菜豆男孩说："你就这么吃了我多没味道哇。不如你去烙两张大饼，再把我夹在中间，那吃起来才有滋有味。"魔鬼听了菜豆男孩的话，馋得直流口水。他走到厨房，烧起火，开始烙大饼。菜豆男孩趁魔鬼不注意时，一把把他推到了火炉里。不一会儿，魔鬼就被烧成了灰烬。

就这样，菜豆男孩用自己的智慧救了孩子们，杀死了魔鬼，成了远近闻名的大英雄。

阅读心得

孩子们遇到了魔鬼，其他孩子很害怕，菜豆男孩却临危不惧，机智地想对付魔鬼的办法，救了大家。这个故事告诉我们，在遇到危险时不要惊慌失措，要保持镇定，理智地想办法来解决困难，保护自己。

人物档案册

人物：菜豆男孩

性格1：临危不惧，镇定勇敢

孩子们在森林中遇到魔鬼后，其他孩子被吓坏了，菜豆男孩却没有害怕。他冷静地分析当时的情形，认为应该先跟着魔鬼走，再找机会逃走。于是，他勇敢地带着大家来到魔鬼家，并找机会救了大家。

性格2：聪明机灵，随机应变

菜豆男孩机智地用各种借口支走魔鬼，帮助孩子们逃走。菜豆男孩见魔鬼家里有猫，就用猫代替自己，骗过了魔鬼，又利用魔鬼烙大饼的时机杀死了魔鬼。

人物：魔　鬼

性格：凶狠愚蠢

凶狠的魔鬼将孩子们带到家中想要吃掉。但是愚蠢的他却屡次被菜豆男孩捉弄，不仅没有吃掉孩子们，还葬送了自己的性命。

非 洲

拉神的秘密

在埃及的神话传说中，拉神是太阳神，也是埃及的最高神，他被认为是创造了世间万事万物的统治者。

宇宙诞生之初，整个世界是一片汪洋，在无边无际的海面上漂浮着一个会发光的蛋，拉神就从这个蛋里诞生。拉神长大后，生了许多子女，其中两个孩子——风神舒和雨神泰芙努特结了婚，他们又生下了地神盖布和天神努特。

为了创造世界，拉神从汪洋中升起了天空和大地。他让风神把天高高地举起，变成了拱形的天空；又让地神躺在了天空下，变成了广袤无垠的大地。天地形成后，拉神把自己神圣的光芒洒向大地，创造出了各式各样的植物、动物和其他所有的生命。最后，拉神从自己的眼睛里创造出了人类。

从此之后，拉神成了世界的统治者，他不仅管理着大地上的万事万物，还是天上的众神之王。但是谁也不知道，拉神有一个秘密，那就是他的名字。拉神所有的神力都来自于这个秘密的名字，拥有这个名字就会拥有无边的神力，成为最强大的神。

生命女神伊西丝得知了拉神拥有神力的秘密，想要探听出那个秘密名字，变得更强大。但是全世界只有拉神自己知道这个名字，要从他的口中打听出这个秘密几乎是不可能的事。伊西丝整天寸步不离地跟在拉神身边，想要找机会问出这个秘密名字。

机会终于来了，由于拉神年纪越来越大，他说话时口水就会不自觉地流淌出来。一次，拉神的口水流淌到了地上，伊西丝偷偷地把这口水混着泥土捡了起来。回家之后，伊西丝把泥土放在火上烤干，又用法力把泥土变成了一条毒蛇，然后偷偷将这条毒蛇放在拉神的必经之路上。

这一天，拉神像往常一样来到宫殿。毒蛇紧紧地盯着拉神，当他走近时，毒蛇箭一般地从路边的草丛中蹿了出来，一口咬住了拉神，把毒液送进了他的血液中。拉神痛得大叫起来，这响彻天际的叫声惊动了天上所有的神，大家都聚在拉神的身边，纷纷询问他出了什么事。

蛇毒已经进入拉神的体内，在他的身体里乱窜。拉神痛得直哆嗦，他断断续续地说："毒……我身体里有毒……不知道什么东西咬……咬了我一口……"众神想要用法力帮拉神解毒，可是试了又试，谁也没有办法解除拉神的痛苦。

正在众神一筹莫展之际，女神伊西丝来到了拉神的身边。她凑到拉神耳边，轻轻地说："我能够帮您解毒。"

拉神感激地拉住了伊西丝的手，说："太……太感谢了，请你快点吧。"

伊西丝压低声音说："作为回报，我想要知道您的名字。"

拉神急忙说："大家都知道，我有很多名字。黎明时，我叫克佩拉；

到了中午，人们都叫我拉；黄昏时，我的名字是塔姆。"

"不，不是这些众所周知的名字，是那个只有你一个人知道的秘密名字。"伊西丝继续压低声音说道。

拉神的眼中喷出了怒火，他愤怒地盯着伊西丝，咬紧了牙关，摇摇头："你想都别想。"话音刚落，拉神身体里的毒液就像被点燃了一般，发出了巨大的热量，把他烧得浑身疼。拉神痛苦地呻吟着，表情开始变得狰狞。

伊西丝冷冷地看着拉神，不紧不慢地说："现在你一定很痛苦吧？只要你把秘密名字告诉我，我就能帮你消除痛苦，否则你活不了太久了。实话跟你说，这毒蛇是用你的口水做成的，它拥有和你一样的神力，除了我之外，恐怕没有人能解这毒了。"

受尽了折磨的拉神虽然万般不乐意，但是不得不说出心底最重要的秘密："兰，那个秘密名字是兰。"伊西丝让拉神把秘密名字转移到了自己体内，如愿以偿地获得了无边的神力，成了最强大的女神。

依照约定，伊西丝替拉神解了毒，拉神恢复了健康。

阅 读 心 得

伊西丝使用阴谋诡计得到了拉神的秘密，获得了神力，但她这种为了达到自己目的而坑害别人的行为令人不齿。我们做事一定要光明磊落，不要想旁门左道，同时也要吸取拉神的教训，提高警惕，不给坏人可乘之机。

太阳船

　　太阳神拉神是众神之王。每天他都会乘坐太阳船外出巡查。黎明时分，拉神会乘坐一艘名叫"曼杰特"的太阳船，从东方出发，在尼罗河中行驶，将光明和温暖带给人们。"曼杰特"的意思是"越来越强"，它象征随着太阳船的航行，太阳的光芒会越来越强。驾驶太阳船的神是生命女神伊西丝的儿子荷鲁斯，智慧神托特和真理神玛阿特负责指挥航向和记录一天的行程。拉神坐在太阳船的正中央，笑容满面地看着这片自己创造的大地，慷慨地将光明洒到大地上的每一个角落。

　　夜幕降临时，"曼杰特"太阳船结束了一天的航行，拉神会换上另一艘名叫"塞姆吉特"的太阳船，进入冥界的冥河，开始在黑暗世界里度过。"塞姆吉特"的意思是"越来越弱"，象征着光明的消失，黑暗的降临。

　　冥界的两头分别矗立着一座大山，西面是玛努山，东面是巴胡山，天空的两端就架在这两座大山的顶上。每天晚上，拉神的太阳船都会从西面的玛努山进入冥河，由西向东航行。到达冥界后，太阳就会落山，拉神也会死去。太阳船载着拉神的身体，在十二位黑夜女神的指引下，依次经过冥界的十二个王国，每经过一个王国，时间就会过去一个小时。

冥界的旅行异常凶险，每个冥界王国的城门口都有两条带翅膀的巨蛇守卫，它们的躯体互相交叉，挡住了通往城门的道路，它们嘴里还不时地喷出毒液，威胁着到访者。只有念对咒语，巨蛇才会让开路，让太阳船通过。冥河的河道蜿蜒崎岖，河两岸还潜伏着拉神的许多敌人，他们等待着向拉神复仇。为了保护拉神，众神守护着太阳船，轻轻地为死去的拉神吟唱祈祷诗，保佑夜间的航行一切顺利。

太阳船首先经过冥界的第一个王国，这里聚集着许多刚刚死去的灵魂，他们围绕在太阳船的周围，但是谁也没办法进入船中。在这里还有六条巨大的蟒蛇，一旦有人到来，它们就会发起猛烈的攻击。天空女神和风神站在太阳船的船头，击败了蟒蛇的袭击，保护太阳船安全通过。

在众神的保护下，太阳船又一连平安通过了三个王国，来到了冥界的第五个王国。这里是索卡尔的地界。索卡尔是人头蛇身的怪兽，它有三个头，身上还长有一对大翅膀。除了索卡尔，这里还有很多奇形怪状的怪兽，有的是人头狮身，有的是兽头人身，还有一些长着奇怪翅膀的怪兽在天空中飞来飞去，不时发出令人生畏的叫声。太阳船一到，怪兽们就一齐扑过来，把太阳船团团围住。众神运用强大的力量赶走怪兽，引领太阳船平安通过城门。

转眼，六个小时过去了，太阳船来到了第七个王国，这个王国的主人是冥界之王奥西里斯。奥西里斯坐在高高的王座上，头上戴着两个王冠，一个是代表埃及南部的白色王冠，一个是代表埃及北部的红色王冠。王座的四周环绕着深不见底的潭水，以人心为食的怪兽阿姆默特生活在其中。每当有死人到来时，奥西里斯就会用公平天平称心脏的重量。人的罪恶越重，心脏的重量就会越重，若是心脏的重量超过了公正羽毛，奥西里斯就会让他们坠入万丈深潭，做食心怪兽的食物。若是他们心脏的重量比公正羽毛轻，就说明他们生前非常善良，奥西里斯会把这种人的心脏交给智慧神托特，让托特把它放回主人的胸间。这样，主人即使死了，也能置身到另一个世界，在那里看到自己的灵魂，善良的人便因此得到永生。

太阳船通过第七个王国后还会遇到拉神的许多敌人。阿比伯是一条有着血盆大口的巨蛇，它的嘴巴能够吞下整条太阳船。太阳船上的众神都紧紧地护在拉神的周围，蛇神还会用自己的身体把拉神紧紧地包起来。生命女神伊西丝站在船的最前方念着神圣的咒语。听到咒语的阿比伯一下子失去了所有力量，它有气无力地躺在了岸边，再也动不了了。

转眼，太阳船就来到了第十二个王国。这个王国修建在一条巨大无比的蟒蛇的肚子里，十二个神使拉着太阳船，在蟒蛇的肚子里穿行，通过了第十二个王国。之后，复活神会停留在拉神的身体上使拉神复活。在众神的帮助下，太阳船通过了冥界的重重关卡，从冥界流向大海。

新的一天到来了，太阳再次从东方升起，将天边染成了红色。阳光明媚的一天又开始了！

阅 读 心 得

　　"曼杰特"在天空中遨游，一路坦途；"塞姆吉特"却要穿越重重危险才能重回天空。人生之路也是有坦途，有险境。我们在顺利时不要骄傲，不要掉以轻心；在困难时也不要放弃希望。只有这样才能获得最后的成功。

奥西里斯和伊西丝的传说

　　奥西里斯是地神盖布和天神努特的儿子，他出生时天上传出一个声音，说他未来会成为人间之王。后来，奥西里斯果然成了埃及之王，他娶了生命女神伊西丝做妻子。

　　当时，埃及的人们以捕猎为生，过着原始的部落生活。部落之间为了抢夺地盘和食物，经常爆发战争，整个埃及一片混乱。为了让人们过上幸福的生活，奥西里斯平息了战争，把爱和和平的观念灌输到人们心中。为了让大家都能吃饱肚子，奥西里斯还教人们开垦农田、种植作物的方法，让他们过上了平静安宁的生活。

　　有一次，奥西里斯想亲自到各地区巡查一番。于是，他把治理国家的职责交给了妻子伊西丝，让她暂时代替自己行使权力。奥西里斯前脚刚走，他的弟弟塞特就来到了王宫中。塞特一直很嫉妒奥西里斯，他见哥哥不在宫中，就想趁机捣乱。塞特在埃及到处散播谣言，挑起争端。在塞特的挑拨下，人们又开始争斗，平静的生活被打乱了。伊西丝发现了塞特的阴谋，她派人安抚百姓，又让人紧紧盯住塞特，让他没有机会去捣乱。

塞特见自己的阴谋没有得逞，又想出了一个歹毒的计划。奥西里斯巡查结束后，塞特热情地为他举行了一个欢迎宴会，邀请他前来赴宴。伊西丝知道塞特居心不良，就极力阻止奥西里斯去赴宴。但是奥西里斯却说："他是我的弟弟，我看这次他没有什么坏心眼。"说完，奥西里斯独自去赴宴了。

宴会开始了，塞特准备了数不清的美酒佳肴，人们在宴会上尽情地饮酒畅聊，不一会儿，大家就都有些醉了。这时，塞特命下人抬出一个大箱子，他说："这是我在旅行时发现的宝物，今天是个好日子，我打算把它送给在座的某一个人。谁能够正好躺进这个箱子里，不大也不小，那我就把箱子送给谁！"人们见这箱子做工十分精美，上面还镶嵌着许多稀世珍宝，不由得啧啧称赞。人们争先恐后地去试着往箱子里躺，可是对他们来说，箱子不是太大，就是太小，没有人正好合适。人群中发出了一阵阵遗憾的叹息声。

这时，塞特说："还有一个人没试。尊敬的国王陛下，请您去试一试吧。"奥西里斯对这个箱子不感兴趣，但是他见大家都期待地看着自己，不想扫了大家的兴，就试着躺了进去。奥西里斯一躺下，人们就惊呼起来："国王陛下，这箱子就像是为您量身定制的一样，不大也不小！"事实上，这箱子就是塞特根据奥西里斯的身材定制的。他看见奥西里斯躺下后，就迅速盖上了盖子，用坚固的锁将箱子牢牢地锁了起来。奥西里斯在箱子中愤怒地大喊着，可塞特根本不理会他的话，他让人把箱子钉牢，用铅封好箱子的缝隙，又派人把箱子扔进了尼罗河。

伊西丝得知这个消息后悲痛万分，她下定决心，一定要找回丈夫的尸体。伊西丝依照习俗，剪下自己的一缕头发，穿上丧服，开始寻找丈夫。白天，伊西丝用法力将自己变成一只小鸟，沿着尼罗河四处寻找；

夜晚，她又会变回人形，在岸边休息。

伊西丝找了很久，怎么也找不到丈夫的尸体。最后，她来到了大海边，一个小男孩告诉她，那个大箱子顺着尼罗河漂进了大海，现在早就不知道漂到哪儿去了。伊西丝又在海边找了几个月，可还是没有找到丈夫的尸体。

一天，伊西丝遇上了森林里的精灵之王巴斯。巴斯告诉她，装着奥西里斯尸体的箱子在海中被一棵奇怪的柳树绊住了，柳树把箱子整个包进了树干里，后来这棵柳树被比伯洛斯国的国王砍了，做成了王宫的柱子。

伊西丝喜出望外，马不停蹄地赶到了比伯洛斯国。刚到这里，伊西丝就听说国王的儿子得了一种怪病，怎么也治不好。于是，她来到王宫中，说自己能治好王子的病。王后虽然半信半疑，但她还是把王子交给了伊西丝。没几天工夫，王子的病就痊愈了。国王为了感谢伊西丝，决定送给伊西丝一件礼物。伊西丝借机向国王讨要了王宫里一根用柳树做的柱子。国王虽然很不解，但还是答应了伊西丝的要求。

得到柱子后，伊西丝小心翼翼地用刀割开了树皮，装着奥西里斯尸体的箱子出现在伊西丝的面前，她流下了激动的泪水。伊西丝将丈夫的尸体带回了埃及，借助魔法的力量复活了丈夫。

篡夺王位的塞特听说奥西里斯复活了，就偷偷地找到了他的藏身地，再次杀死了自己的哥哥。这次，塞特将奥西里斯的尸体丢进了尼罗河。

伊西丝再次踏上了寻找丈夫尸体的旅途。在妹妹奈芙蒂斯的帮助下，伊西丝历经了千辛万苦，终于找到并再次复活了丈夫。再次复活的奥西里斯被天上的众神召唤，做了冥界的国王。从此之后，伊西丝和奥西里斯永远生活在了一起。

　　许多年以后，伊西丝和奥西里斯的儿子荷鲁斯打败了塞特，替自己的父亲报了仇。

阅读心得

　　奥西里斯两次被塞特所害，失去了生命，他的妻子没有失去希望，没有放弃，而是通过自己的努力复活了丈夫，最终他们的孩子替父亲报了仇。无论多大的困难，只要我们抱有希望，有永不放弃的精神，就一定能克服困难，取得成功。

王位之争

塞特杀死哥哥奥西里斯后，把他的尸体扔在了尼罗河中。奥西里斯的妻子伊西丝在寻找丈夫尸体的过程中，生下了一个小男孩，伊西丝给他取名为荷鲁斯。

塞特听说这件事后，就派一只毒蝎子去杀死荷鲁斯，以免夜长梦多。毒蝎子趁伊西丝不注意时钻到了荷鲁斯的襁褓中，把蝎尾上的毒钩狠狠地刺进了荷鲁斯的身体。被毒刺扎疼了的荷鲁斯发出了撕心裂肺的哭声，伊西丝以为孩子做了噩梦，就抱起孩子，一边轻轻地拍打，一边安慰着。毒蝎子趁机偷偷溜走了。

荷鲁斯的哭声越来越小，呼吸也越来越弱，伊西丝这才发觉有些不对劲。她运用法力，想让儿子恢复健康，但是这蝎子的毒性实在太强了，伊西丝想尽办法也没能救回自己的儿子。荷鲁斯的身体在伊西丝的怀中变得僵硬，他红润的小脸变成了惨白色。伊西丝发出了绝望的哭声，她紧紧地抱着孩子，将自己的脸贴在孩子身上，仿佛他还活着一般。

第二天清晨，当拉神乘坐太阳船在东方出现，洒下了第一缕太阳光时，伊西丝虔诚地向着东方祈祷："无所不能的拉神，请你让我的孩子复活吧。这是我和奥西里斯唯一的孩子，请你把他还给我吧。"

奇迹发生了，智慧神托特来到伊西丝的身边，说："拉神听到了你的祈祷，他派我来复活荷鲁斯。"说完，托特开始冲着死去的荷鲁斯念咒语。不一会儿，荷鲁斯的脸上恢复了血色，他的身体重新变得柔软，生命的气息重新出现了。伊西丝喜出望外地抱住死而复生的孩子，发誓再也不会让他受到任何伤害。

为了保护荷鲁斯，伊西丝将他送到了一座神秘的漂移岛上。这个小岛像一艘小船一般，会在尼罗河里四处飘荡。伊西丝将孩子托付给了好朋友阿荷拉。阿荷拉答应替伊西丝好好照顾孩子，将他抚养成人。伊西丝依依不舍地告别了孩子，再次出发去寻找丈夫的尸体。

许多年以后，伊西丝和奥西里斯的孩子荷鲁斯长大了，他外表英俊，性格坚毅，是一个顶天立地的男子汉。此时，他的父亲奥西里斯已经被拉神派往冥界，做了冥界之王。得知父亲遭遇的荷鲁斯立下誓言，要不惜一切代价夺回王位，替父亲报仇！

智慧神托特找到了荷鲁斯，告诉他要想报仇首先得找到代表王权的双面王冠，以及拥有强大力量的权杖和连枷。荷鲁斯踏遍了千山万水，寻遍了整个埃及，终于找到了双面王冠、权杖和连枷。他带着宝物来到了埃及南部的一座小城——布吐城。这里本来是一座宁静安逸的小城，但是在塞特的跋扈统治下，这里变得民不聊生，人们苦不堪言。为了打倒塞特，百姓自发自愿地替荷鲁斯召集起了一支军队。

荷鲁斯带领着他的军队来到了塞特所在的底比斯城。战争开始前，荷鲁斯让士兵们打造了铁器，把它们套在了木头上，制成了锋利的兵器。大战开始了，塞特使用法力把他的士兵变成了凶狠的鳄鱼和河马，荷鲁斯带着士兵们拼死厮杀，毫不退缩。战争持续了整整七年，决战的时刻终于来临了。为了帮助自己的孩子，已经变成冥界之王的奥西里斯赐予了荷鲁斯神奇的力量，将他变成了能飞的太阳圆盘。荷鲁斯飞到空中，用权杖和连枷打败了塞特，夺回了王位，成了新的埃及国王。

被夺走了王位的塞特很不服气，他向众神法庭提出申请，请求众神将王位还给自己。塞特和荷鲁斯在终审法庭上进行了激烈的辩论。荷鲁斯对塞特说："王位本来是属于我的父亲奥西里斯的，你用阴谋诡计杀死了我的父亲，才坐上了这个王位。这个王位本来就不属于你，我本来就是王位的继承者，现在我不过是拿回本来就属于自己的东西而已！"听了荷鲁斯的话，众神一致判决王位应当属于荷鲁斯。拉神知道塞特性格粗暴，怕留下祸根，便把他留在了身边，让他做沙漠与风暴之神。

从此，荷鲁斯成了名正言顺的埃及国王，他将埃及治理得井井有条，人们重新过上了幸福的生活。塞特则成了拉神太阳船上的守卫者，日复一日地守护着太阳船，在天空中巡游。

阅 读 心 得

荷鲁斯打败了塞特，替自己的父亲报了仇，在复仇的过程中，许多神都帮助了他，百姓也站在他这一边。这告诉我们，正义也许会迟到，但永远不会缺席。只要我们心怀正义，就能赢得人心，最终赢得胜利。

美　洲

创世主帕查卡马克

　　远古时期，美洲大地上到处是荆棘，这里没有白天，没有黑夜，没有生灵，只有一片寂静的黑暗。

　　一天，创世主帕查卡马克从宇宙中来到了这片土地，他见这里漆黑荒凉，十分孤寂，便想要赋予它一些生机。于是，帕查卡马克创造出了许多飞禽走兽，又创造出了人类，让他们在这片土地上生活。之后，帕查卡马克来到了一个风景秀丽的湖泊中，在湖中心的小岛上隐居下来。

　　许多年以后，帕查卡马克打算回到宇宙中去。他从湖泊中的小岛上走了出来，想先去看看自己创造的生物。美洲大地仍是一片漆黑，人们在黑暗中过着茹毛饮血的生活。他们以打猎为生，为了抢夺食物，他们互相咒骂厮杀，永无停歇。更过分的是，人类不但不感谢创世主创造了他们，反而整天都在抱怨。他们抱怨创世主没有赐给他们光明，没有赐给他们食物，没有为他们创造幸福的生活，反而让他们活在黑暗和争斗中。

　　人们一看见帕查卡马克，就纷纷冲他走过来。他们一边咒骂，一边冲他扔石头。帕查卡马克生气极了，他一怒之下把所有的人都变成了石像，这些石像有的正在扔石头，有的正在指指点点地咒骂……美洲大陆重新变得寂静。

帕查卡马克回到了宇宙中，过了一段时间，他又回想起了人类的事。他仔细地想了想，似乎人们的抱怨并不是完全没有道理，在黑暗中生活确实是一件很困难的事。想到这儿，帕查卡马克有些羞愧，他决定再次回到美洲大陆，重新创造世界，这次，他要将光明带给世界。

这一次，帕查卡马克将众神都召集到了湖中的小岛上，一起商议如何创造新的世界。最后，众神一致决定让孔蒂拉雅和基利亚为人间带来光明。帕查卡马克将孔蒂拉雅任命为太阳神，将基利亚任命为月亮神，并命令这两个神结为夫妻，生生世世在人间工作。

白天，太阳神会带着金星和风雨雷电等仆人一起在天空中值班，为人们带来温暖和光明；夜晚，月亮神则要带着星星们来到天空中，将月光洒向大地。因为太阳神的能量极大，而月亮神的能量较小，因此白天大地会变得暖洋洋的，到处都是阳光；到了夜晚，光线会变得暗一些，气温也会随之下降。

同时，帕查卡马克准许月亮神每个月可以放三天假，在这三天里，她可以帮助太阳神一起处理太阳宫中的事务。任务分配好后，帕查卡马克对太阳神和月亮神说："二位身负重任，今后你们将日复一日地为大地带来光明和温暖，永远不能停歇。我知道这个任务十分辛苦，为了感谢二位的付出，我决定让你们和你们的子女成为这片土地的主人，你们要教化这里的人类，让他们过上幸福的生活。"

太阳神和月亮神上任了，帕查卡马克和众神约定，当第一缕阳光出现之时，就是人类的新生之日。之后，帕查卡马克又照着人类的样子，雕刻出了许许多多的石像，这些石像有老人，有孩子，还有许多孕妇……接着，帕查卡马克又在另一边雕刻了一些石像，他让众神将自己的名字写在这些石像上。他同众神约定，这些刻着神灵名字的石像将作为人类的第一批教导者，教给人们生活的技能。

黑暗的美洲大地终于迎来了第一缕光线，光线穿过荒原，穿过荆棘，穿过湖泊，照在了大地上。刻着神灵名字的石像复活了，帕查卡马克对他们说："你们去吧，去将其他石像复活。去太阳落山的地方，把变成石像的人们从山林间呼唤出来，带着他们到你们的领地，教他们如何生活。"复活的石像们出发了，他们呼喊着："所有人都出来吧，创世主帕查卡马克让我们在这片土地上生活。"听到召唤的石像复活了，人们从四面八方聚集到了一起。

很快，人类学会了许多生活的技能，他们在美洲大陆上繁衍生息，发展壮大。

阅 读 心 得

帕查卡马克创造了人类，但人类却不知感恩，反而通过抱怨和咒骂来表达自己的不满，帕查卡马克一气之下把人类变成了石像。后来，帕查卡马克意识到了自己的错误，帮助人类建立了新的世界。这个故事告诉我们要学会感恩，感谢帮助过自己的人，同时，做错了事要及时改正弥补。

太阳神孔蒂拉雅

太阳神孔蒂拉雅为人间带来光明，深受万民敬仰，但是他生性调皮，经常搞恶作剧。在闲暇时，孔蒂拉雅会故意穿上破破烂烂的衣服，把自己打扮成乞丐的样子，到处游玩。

有一次，孔蒂拉雅听说人间有一个名叫考伊拉的漂亮姑娘。她的头发黑亮飘逸，犹如黑色的瀑布悬垂于半空；她的眼睛明亮澄澈，犹如闪闪发光的宝石；她的面庞白皙光滑，犹如天边的明月；她的牙齿整齐洁白，犹如闪烁的珠贝。总之，她的美丽连天上的神都为之倾倒。但是她非常骄傲，拒绝了许多人的求婚，就连对天上的神也不屑一顾。于是，调皮的孔蒂拉雅想要逗一逗考伊拉。他趁考伊拉在树下乘凉时，施展法术变出了一颗鲜红的果子，果子从树上掉落下来，正好落在考伊拉的面前。考伊拉见这颗果子鲜红可喜，看上去十分好吃，就捡起果子吃了下去。不久，考伊拉怀孕了，九个月之后，生下了一个男孩。

考伊拉不知道自己的孩子从何而来，更不知道孩子的父亲是谁，她暗自猜测孩子的父亲一定是一位天上的神，于是她虔诚地祈求众神能够显灵，让她找到孩子的父亲。众神都十分喜欢这个美丽的女子，他们梳起了漂亮的发型，穿上了华美的衣服，风度翩翩地来到考伊拉的面前，只有太阳神孔蒂拉雅穿得邋里邋遢，简直和乞丐没什么两样。

考伊拉扫视了一眼众神，觉得除了那个让人讨厌的乞丐，谁都有资格做孩子的父亲。她说："尊敬的神灵啊，我日日夜夜地祈祷，祈求你们来到我的面前，是因为我想知道到底谁才是我孩子的父亲。"众神你看看我，我看看你，谁也没有说话。考伊拉接着说："既然你们都不愿意说，那我就让孩子自己找父亲。"说完，她把自己的孩子放到了地上，轻轻地对他说："孩子，现在你去找自己的父亲吧。"

地上的小婴儿摇摇晃晃地向前爬去，他从众神面前爬过，一直来到最后一个位置才停了下来。这里坐的不是别人，正是打扮成乞丐的太阳神。婴儿伸出手，抱住了乞丐的大腿，怎么也不肯松开。考伊拉失望极了，她走了过去，抱起了自己的孩子，喃喃自语道："孩子的父亲怎么会是一个乞丐呢？这难道是上天对我的惩罚吗？"说完，考伊拉抱着孩子，头也不回地离开了。

太阳神这才知道自己闯了祸，他变回了本来的样子，立刻追了出去，一边追一边喊道："亲爱的考伊拉，我就是孩子的父亲。你回头看看我的样子！"考伊拉愤怒地说："我刚才已经看见了，现在我再也不想看见你了，请你离开吧。"她一边说一边加快了脚步，向海边跑去。

太阳神愣住了，他心想："我刚才的样子一定把她吓坏了，这次我一定要找到她，向她赔礼道歉。"等他回过神来时，考伊拉已经不见踪迹了。

太阳神急忙追了过去，走了一段路却始终没见到考伊拉母子俩，于是太阳神问天上的兀鹫："亲爱的兀鹫，你有没有看见考伊拉和孩子呢？我正在找他们。"兀鹫说："他们就在不远处，你只要加快速度，很快就能

追上了。"太阳神很感激兀鹫的帮助，他许诺说："谢谢你的帮助，从今以后你将会拥有永生的力量，你可以在高山上肆意翱翔，可以吃任何动物的尸体，如果有人敢杀死你，那么他就会遭到上天的惩罚。"

太阳神继续向前追，看见一个臭鼬在路边，就问道："亲爱的臭鼬，请问你有没有看见考伊拉和孩子呢？我正在找他们。"臭鼬想了想，说："恐怕你追不上他们了，我刚才看见他们已经跑远了。"太阳神生气极了，他愤怒地说："从此以后，我再也不想看见你，如果让我看见你，我就会处罚你。除此以外，你身上还会散发出难闻的臭味，动物们都会嫌弃你，远远地躲开你，人们一看见你就会捕杀你。"从此之后，臭鼬只敢在没有太阳的晚上出来活动。

太阳神又追了一段路，遇见了一只美洲狮，他问美洲狮是否见过考伊拉。美洲狮说："你只要坚持不懈，就一定能追上她！"太阳神高兴地说："我封你为百兽之王，从现在起，所有的动物都会害怕你，敬畏你。"

之后，太阳神又遇上了狐狸、鹦鹉和苍鹰，狐狸和鹦鹉都说太阳神追不上考伊拉了，苍鹰却说他一定会追上考伊拉的。太阳神诅咒道："可恶的狐狸，从今以后我会让人们一看见你就追杀你，在你死后，还要把你的尸体扔在森林里。至于鹦鹉呢，我会给予你学人类说话的能力，这样人们会把你当成买卖的商品，把你囚禁在笼子里，你将会永远失去自由。"接着，太阳神又对苍鹰说："你会拥有好运的，每天都会有一只小鸟做食物，大家都会尊敬你。"

就这样，太阳神孔蒂拉雅给在路上遇到的各种飞禽走兽赐福或诅咒：凡是说吉利话的，都被他赐予了福气；凡是说丧气话的，都被他施予了诅咒。当他走到海边时，发现考伊拉和孩子的身体已经变成了石头，矗立在岸边。太阳神看见岸边的石头，难过极了，他决定今后再也不随便搞恶作剧了。

阅 读 心 得

太阳神的恶作剧导致考伊拉认为他是一个乞丐，带着他们的孩子跑到了海边，变成了石头。这个故事告诉我们：不要随便搞恶作剧，它有可能对自己或他人造成危害。

太阳之子印加王

　　创世主帕查卡马克创造了世界后，人类有很长一段时间都过着原始的生活，他们不会耕种，不懂得驯养牲畜，也没有修建房屋，只能住在山洞中，每天以狩猎为生。

　　太阳神每天在天空中为人们送去光明，他见人们生活十分困苦，想起创世主帕查卡马克的话，便决定把自己最喜欢的儿子曼科·卡帕克和一个女儿送到人间，让他们教化人类，帮助人类学会种植作物、修建房屋，不再像野兽一样生活。

　　太阳神首先把子女送到了创世主帕查卡马克曾经隐居的小岛上，送给了他们一根金子做的棒子，并嘱咐他们："亲爱的孩子们，你们是太阳的孩子，现在，到了你们发挥作用的时候了。到人类中去吧，去把智慧传授给他们，带着他们找到适合居住的土地。你们每到一个地方，就用这根金棒试一试脚下的土地，金棒能插进去的地方就是伟大的创世主为你们选定的地方，你们要带领人类在那里世世代代生活下去，建立村庄和城市，让人类不断地发展壮大，这是你们的使命。你们千万要记住，不能用武力使人类屈服，更不能压迫人类，要用爱感化他们，要让他们学会感恩，学会敬畏，学会尊重，改掉懒惰、自私、邪恶。我和你们的母亲会在天上看着你们，当你们需要时，我们会帮助你们的。"说完后，太阳神离开了。

曼科·卡帕克和他的姐姐带着金棒来到了人群中，将太阳神的旨意告诉了大家。人们对太阳神的子女十分崇拜，他们推举曼科·卡帕克做了印加王，他的姐姐做了王后。曼科·卡帕克做了国王后，第一件事就是带领人们举行了盛大的祭祀典礼，共同祭祀了伟大的创世主帕查卡马克和自己的父亲太阳神。三个月之后，印加王带着臣民踏上了寻找居住地的漫长旅途。

印加王一行人一路向北走。每到一个地方，印加王就会尝试着将手中的金棒插入土地，但是金棒始终插不进去。人们不停地走，夜里，他们会找山洞休息，白天，他们又会踏上新的征程。

旅途既遥远又艰辛，印加王始终鼓励着人们，带给他们信心。一天早上，印加王从休息的山洞中出来，正逢太阳从东方升起，他望着父亲太阳神发出的温暖光线，身上又充满了力量，他将这个山洞命名为"巴卡列克唐波"，意思是"迎着太阳的窗口"。在这里，印加王带领人们建立了第一个村庄。

印加王一行人再次出发了，他们来到了库斯科山谷，停留在瓜纳卡乌利山的山脚下。印加王像往常一样拿出金棒，冲着地面使劲插下去。这一次，金棒轻轻松松插进了土地。印加王兴奋地宣布："这里就是创世主帕查卡马克为我们选中的土地，就让我们在这儿永远地生活下去吧！"人们高兴地欢呼起来，互相拥抱着，有些人还流下了激动的泪水。

人们在这里建立了太阳神庙，用来敬奉印加王的父亲太阳神，他们在印加王的带领下修建房屋，开垦农田，过上了安居乐业的生活。

一段时间后，印加王说："现在是时候去召集更多的人了，我们分头出发去找当地的土著人，让更多的人来到这里，过上幸福的生活。"于是，国王带着人向北方走，而王后则带着人去南方找。路上，他们一遇到土著部落，就会亲切地邀请他们和自己同行，并许诺会让他们住上舒适坚固的房屋，吃上美味可口的食物，穿上精致美丽的衣服。土著部落的人被太阳之子和太阳之女的风度折服，期待着能够过上印加王描述的生活，于是纷纷从山洞中走了出来，跟随着印加王或王后，来到了瓜纳卡乌利山的山脚下。

越来越多的人聚集到了印加王的身边。印加王依照约定，带领大家修建起了库斯科城，让人们住上了坚固的房屋。他亲自带领男人们种植谷物和果蔬，为大家提供食物。王后则教会了女人们织布和料理家务。

为了便于管理，印加王将库斯科城分成了两部分：上库斯科城和下库斯科城。上库斯科城供印加王召集来的人居住，下库斯科城则供王后召集来的人居住。印加王教导大家，不论他们从何处来，不论他们居住在哪儿，人与人之间都是平等的，只有和睦相处、互助互爱才能创造更美好的生活。为了惩罚不守规矩的人，印加王规定偷盗、杀人的人都要被处死。

通过一段时间的观察，印加王挑选出一些善良能干的人做村落的首领，让他们帮助自己管理库斯科城。同时，他也建立了自己的军队，保卫库斯科城的安全。在印加王的管理下，库斯科城逐渐发展壮大，人们各司其职，他们由衷地感谢印加王和太阳神。

印加王的年龄越来越大，他的精力也渐渐减退了。一天，印加王把第一批随自己到达库斯科城的人叫到跟前，说："现在是我回到太阳神身边的时候了，我很快就要回到天上去。为了纪念你们历经千辛万苦和我来到这里建立库斯科城，我给你们赐姓'印加'，希望今后你们能一如既往地为这片土地贡献自己的力量。"接着，印加王又把自己的子女叫到身边，嘱咐他们要爱民如子，将库斯科城治理得更好。最后，他把王位传给了自己的长子，离开了人世。

印加王去世后，人们悲痛万分，他们在他的尸体里填上了防腐剂，保存在太阳神庙中，供大家瞻仰。

阅 读 心 得

印加王带领人们坚持不懈地寻找，终于找到了合适的居住地，得到了人们的尊重和敬仰。学习之路也是一样漫长而艰辛，我们要学习印加王勇往直前的精神，只要坚持不懈，永远不放弃希望和梦想，终有取得成功的一天。

人物档案册

人物：曼科·卡帕克

性格：坚持信念，永不放弃

在寻找合适居住地的过程中，曼科·卡帕克带领大家走了许多地方，但是走了很久也没有找到合适的地点。曼科·卡帕克并没有气馁，也没有放弃，他怀着坚定的信念带领着大家，鼓励着大家，终于找到了合适的地方，建立了库斯科城。

人物：太阳神

性格：富有同情心，心怀大众

太阳神每天都为人们送来光明，他见地上的人们生活十分困难，就生出了同情心，决定帮助人们。他派自己的儿子和女儿来到人间，让他们教会人们很多先进的生存技能，帮助人们过上更好的生活。

创始者

很久以前，在一个古老的村子里，生活着一对美丽善良的姐妹，她们靠挖蕨根为生。蕨根大多生长在深山老林里，因此姐妹俩经常要在林中待上好几天。

一天晚上，姐妹俩又在林中过夜，她们躺在地上聊天。

妹妹看着天上的星星说："姐姐，你说这些星星会不会说话呢？它们在天上是如何生活的呢？"

姐姐笑着说："傻妹妹，我又没去过，怎么会知道这些呢？也许每一个星星都是一个神吧。"

"那我们以后就嫁给星星吧，你嫁给那颗又大又亮的星星，我嫁给那颗小小的红色的星星。"妹妹异想天开地说。

姐妹俩聊着聊着就睡着了。

姐妹俩醒来后发现自己不在森林里，而是到了一个陌生的地方。这时从远处走来两个人，一个是满头银发的老者，一个是英俊健壮的小伙子。老者微笑着告诉两姐妹，这里是天上。

原来天上的星星听到了姐妹俩昨晚的对话，就将姐妹俩接到了天上。

姐姐嫁给了那颗又大又亮的星星，也就是那个白发老人；妹妹则嫁给了小红星，也就是那个年轻的小伙子。

结婚后，姐妹俩发现天上的生活和人间没有什么不同，她们每天仍像之前一样不停地挖蕨根，唯一的区别是她们的丈夫不允许她们挖长的蕨根，只让她们挖短的蕨根。有一次，好奇的姐妹俩打算挖个长的蕨根试试。她们不停地挖呀挖呀，一直顺着蕨根挖到了天空的最底端。她们在天空上挖了一个洞，从洞里向下张望，看到了高山，看到了湖泊，看到了森林和大海。姐妹俩想家了，于是商量着偷偷回家去。她们用雪松做了长长的绳子，从天空的洞里爬到了地上。

回家没多久，姐姐就生下了一个白白胖胖的儿子。每当姐妹俩出门干活时，她们就会把这个孩子寄放在隔壁一个盲人老奶奶家里。一天，姐妹俩回到家，发现放在盲人奶奶家里的孩子不见了，摇篮里只有一根木头。姐妹俩立刻分头去找，可找了很久都没有孩子的消息。姐姐伤心极了，她把那根木头雕刻成了一个孩子的形状以寄托对孩子的思念之情。

很多年后，一只蓝松鸡无意中闯入了一片从未去过的土地，遇到了一个年轻小伙子。蓝松鸡一下子认出来这正是姐姐那个丢了的孩子。蓝松鸡激动地说："你妈妈一直在找你呢，你快回去看看她吧。"

小伙子点点头，平静地说："我是天神的化身，星星之子，是该回去了。我要把我做的东西都带回去，还要把善良、互助、友爱的美德带回去。现在你马上回去，告诉那里的人们，创始者就要到了，他会消灭世间一切罪恶，把美好赐给人间。"

蓝松鸡回去后，把创始者要来的消息告诉了大家。没多久，蓝松鸡遇见的那个小伙子就来了，他把自己做的篮子、衣服、武器和其他的日常用品送给了大家，还教给他们做这些东西的方法。创始者还带来了种子，帮人们把种子种在地里，让地里长满了庄稼。

邪恶的火魔见人们过上了幸福的生活，就用大火烧毁了创始者的房子。最后，火苗烧到了创始者的身边，创始者拼命逃跑，可火苗依然紧追不舍。走投无路的创始者向石头求救："亲爱的石头哇，请你帮帮我。"

可石头说："不行，我帮不了你，我碰到火会熔化的。"

创始者又求大树帮帮他，可大树说："不行，我会被火烧焦的。"

创始者向小河求救："小河呀，水能够灭火，你帮帮我吧。"

小河说："我的水太少了，遇到火会被烤干的。"

这时，一条不起眼的小路说："我来帮你吧。你可以躺在我的身上，大火伤不了你的。"

创始者躺在小路上，大火从他的头上飞过，没有伤到他一分一毫。创始者向小路道谢后，找到火魔复仇，他杀死了火魔，把火魔的尸体变成了许多小虫子，让它们永远生活在阴冷潮湿的角落里。

为了感谢小路的帮助，创始者让小路可以无限延伸，伸到自己想去的任何地方。同时，他把见死不救的石头和小河变成了没有生命的东西，又让森林时刻面临着被火烧的危险。

在这次大火的浩劫中，许多人被烧死了，只有少数幸运的人活了下来。创始者想用黏土再捏些新的人，但是地上的黏土早已混合了大火燃烧后的灰烬，创始者怕这沾染了邪恶的黏土无法创造出善良的人类，于是用玉米粉捏出了一种新的人类——印第安人。

新的世界开始了，创始者教会了印第安人生活的技巧，告诉他们如何用草药治病，还发明了许多乐器，把美妙的音乐带给了人类。最后，创始者来到自己小时候的家，他看见了照顾他的老奶奶的房子，看见了母亲从天上爬下来用的雪松绳变成的悬崖……创始者看看天空，觉得天上太暗了，他纵身一跃，爬上了悬崖，跑到天空中，变成了散发光芒的太阳，为世界照明。

　　邪恶的火魔用大火烧毁了创始者的房子，创始者在小路的帮助下躲过大火，再次创造了美好的世界和善良的人类。在通往成功的路上，我们会遇到许多挫折，也有可能遭遇失败，但是只要心怀理想，坚持不懈地努力，从失败中吸取教训，就能赢得最后的胜利。

青蛙神

很久以前，玛雅有个有钱人，他有许多田地，种了很多庄稼。一天早上，这个有钱人像往常一样去庄稼地里巡视，惊讶地发现自己的地里一片狼藉，丢了许多庄稼。他叫来三个儿子，从早到晚收拾了一天，好不容易才把庄稼地收拾好。第二天，有钱人的庄稼地又变成了一片狼藉。这下有钱人气坏了，他发誓一定要找到破坏庄稼地的捣蛋鬼。

有钱人把三个儿子叫到身边，对他们说："你们谁能够抓住偷庄稼的贼，我就把家产全部交给谁。"听了父亲的话，三个儿子都摩拳擦掌，想要抓住捣蛋鬼，得到财产。

老大第一个出发了。傍晚时分，他骑着骏马，拿着猎枪，意气风发地赶往庄稼地。路上，老大遇上了一只青蛙。青蛙坐在池塘边，呱呱地叫个不停。老大被这叫声弄得心烦气躁，他下了马，来到青蛙身边，大声呵斥道："不要再叫了，好运气都要被你叫走了！"

青蛙说："你带上我一起走吧，我会告诉你是谁偷了庄稼。"

"我才不会相信你的鬼话。你一只小小的青蛙怎么能知道这些呢？"说完，老大抓起青蛙，把它扔到了池塘里。等老大赶到田地时，田地里已经变得乱七八糟了，庄稼已经被偷走了。老大被气得吹胡子瞪眼，一夜都不敢合眼，生怕再错过偷庄稼的贼。可一直到天亮，小偷也没有再出现，失望的老大只得灰溜溜地回家了。

父亲见老大回来了，急忙问道："昨晚小偷去了吗？你抓到小偷了吗？"

老大垂头丧气地说："我到的时候小偷已经走了，我没有抓住他。"

父亲叹了口气，说："看来你不是继承人的人选哪。"

老二见大哥无功而返，不由得暗自窃喜，他对妻子说："大哥没有抓住小偷，三弟又笨笨傻傻的，这继承人肯定是我了。今天你给我准备好食物和马车，等着我得胜归来吧。"下午，老二坐着马车出发了，他打算先睡一觉养足精神，晚上再好好抓小偷。路过池塘时，老二被青蛙的叫声吵醒了，他烦躁地下了车，冲着青蛙嚷道："你叫什么叫，惊了我的好梦。快闭嘴！"

青蛙说："你带我一起去吧，我会帮你抓住偷庄稼的小偷的。"

听了青蛙的话，老二笑得前仰后合，他指着青蛙说："就凭你？你还能抓住小偷？这是我听过的最好笑的笑话了。你最好闭上你的臭嘴，让我好好地睡一觉。"说完，老二返回车里睡觉去了。青蛙见老二看不起自己，就偷偷地溜到马车上，偷走了老二的食物。

老二来到庄稼地时，看见一只五彩斑斓的大鸟正在偷吃庄稼，他急忙举起猎枪，想要打死大鸟。可是机警的大鸟"嗖"的一下飞走了。老二在庄稼地里转了好几圈，只捡到了几根羽毛。整整一夜，老二都睁大了眼，等待着大鸟再次出现，但是一直到天亮，大鸟也没有出现。熬了一夜的老二又累又饿，想要找食物吃，可是怎么也找不到，他只得坐着马车回家了。

老二一进门，父亲就问："你抓住小偷了吗？"

老二眼睛一转，说："父亲，我已经把小偷打死了，您把财产都交给我吧。"说完，他掏出大鸟的羽毛给父亲看。

老三说："你说你把大鸟打死了，可是怎么只拿回几根羽毛呢？父亲，你等我把大鸟抓回来吧。"说完，老三带着猎枪和食物出发了。路上，老三也在池塘边遇上了青蛙，他停下来，恭恭敬敬地对青蛙说："亲爱的青蛙，请问你知道如何能抓住偷庄稼的大鸟吗？如果你能帮助我的话，我就把自己的食物都送给你，今后还会把你带在身边，用美味的食物喂养你。"

青蛙笑着说："你是最善良也是最聪明的小伙子！你的两个哥哥有眼无珠，不肯听我的话，活该倒霉。这个池塘底下有一块神石，它能够满足你的所有愿望。"原来，这不是一只普通的青蛙，而是青蛙神。

老三听了青蛙神的话，急忙说："尊敬的青蛙神，谢谢你的指点。我没有别的愿望，只想娶个漂亮媳妇，神石能帮助我吗？"

青蛙神一口答应了下来，它说："没问题，神石不光能让你娶个漂亮媳妇，还能让你住上舒适的大房子，过上幸福的生活。"

"足够了，足够了。有这些我就满意了。"老三点点头，把自己的食物送给了青蛙神，带着它一起上路了。

到了庄稼地，老三见一只大鸟正在偷吃庄稼，就举起了猎枪。青蛙神急忙说："快放下枪，你难道想打死你的漂亮媳妇吗？"老三放下枪，惊讶地看着青蛙神："这是我的媳妇？"青蛙神点点头。

这时，大鸟飞到老三跟前，说："我本来是个姑娘，可恶的巫婆想要让我嫁给她的儿子，我不愿意，她就把我变成了这个样子。我实在是太饿了才会在这里吃庄稼的。"

老三想起对神石许的愿和青蛙神说的话，高兴地对大鸟说："如果我让你重新变回人的话，就请你嫁给我做我的妻子吧，我们会在一座舒适的大房子里一起生活。"

大鸟见老三相貌堂堂，就答应了他的请求。

回到家后，父亲和两个哥哥见老三带回了一只大鸟和一只青蛙，都惊讶得张大了嘴。老三说："父亲，我把偷庄稼的大鸟带回来了。这大鸟其实是一个漂亮的姑娘，因为巫婆的诅咒才会变成这个样子。等她恢复人形后，会做我的妻子，我们会在一个大房子里过幸福的生活。"

"老三，你昏头了吧，大鸟怎么会是你的妻子呢？"大哥说。

"就是，你胡说八道什么呢？还有这只讨厌的青蛙，你把它带回来干什么？"二哥厌恶地看着青蛙神说。

老三笑了笑，对青蛙神说："尊敬的青蛙神，现在该你兑现诺言了吧！"

青蛙神对着大鸟呱呱地大叫了几声。神奇的事情发生了，大鸟变成了一个漂亮的姑娘。她娇羞地看着老三说："谢谢你救了我。"接着，青蛙神又变出了一座漂亮的大房子。从此之后，老三和妻子就生活在这座房子里，青蛙神也和他们生活在一起。

阅 读 心 得

老大和老二看不起路边的青蛙，错过了抓住大鸟的机会。老三尊重青蛙，得到了青蛙神的帮助，实现了自己的梦想。我们不能以貌取人，要有礼貌地对待他人，这样才能得到别人的尊重和帮助。

郊狼柯帝的传说

宇宙初开之时，众神之王将野兽们召集在一起，宣布说："明天早上我会在王宫里等着你们到来，第一个到来的会得到一支代表力量的箭，成为百兽之王，同时它还拥有随意挑选名字的权利。随后每个到来的野兽都会得到一支属于自己的箭，但是箭的力量会越来越小。"

柯帝听了众神之王的话，十分兴奋，它到处说："我一定要第一个到，我想要叫熊或者鹰，这听上去很气派！"为了能拔得头筹，柯帝一夜都没有合眼，天快亮时，它实在支撑不住了，昏昏沉沉地睡着了。等柯帝醒来时，天已经大亮了，它急忙跑到了王宫中，一边跑一边喊着："我要叫熊！"

"这个名字已经被第一个到达的动物挑走了，它已经拿走了第一支箭，成了百兽之王。"众神之王回答道。

"那我要叫鹰。"柯帝继续说。

"这个名字也被挑走了，它拿走了第二支箭，成了百鸟之王。"

"那，鲑呢？"柯帝尝试着问道。

"很可惜，这个名字也已经有主人了，它拿走了第三支箭，成了百鱼之王。"

众神之王拿出了最短的一支箭，继续说道："你是最后一个到来的，这是你的箭，现在只剩下一个名字了，你就叫郊狼吧。"

众神之王见柯帝露出了失望的神色，便安慰道："别小看你手里的短箭，它会赋予你神力。有了神力，你想变什么就能变什么，就算你死了，神力也会让你复活。你将成为我的使者，百兽和人类的守护神。现在我命令你到人间去，帮助人们过上美好的生活。"

柯帝来到人间，发现人类没有火种，只能过着茹毛饮血的原始生活。它打听到在恶灵斯可可姆守护的高山上有火种，就想帮助人类盗取火种。柯帝来到火种所在的高山山顶，发现负责看守火种的是三个白发苍苍的老太婆，她们轮流值班看守，要想盗取火种不是件容易的事。柯帝回到山下，召集了许多动物和自己一起去盗火种，它让这些动物分别藏在路上的不同位置，打算齐心协力运送火种。最后，柯帝来到山顶，它趁老太婆们换班的时候，飞奔到了火种前，抓起一块正在燃烧的木头，使出全身力气，冲山下扔去。

躲在树后的美洲虎一把接过了火种，飞奔了起来，它穿过了树林，将火种交给了狐狸。狐狸又带着火种钻进了灌木丛，把它交了松鼠。松鼠把火种交给了羚羊，羚羊又传给了青蛙，青蛙一口把火种吞到了肚子里。这时，恶灵追到了青蛙跟前，抓住青蛙的尾巴，想要夺回火种。青蛙使劲挣断了尾巴，跳进了河里，从此之后，青蛙就失去了尾巴。

最后，青蛙把火种吐到了岸边的松树上，松树又把火种吞进了肚子里。恶灵找不到火种，只得灰溜溜地回去了。之后，柯帝教人们如何从松树中取得火种。它拿出两个干木条，在松树上不停地摩擦钻动，火星出现了。在柯帝的帮助下，人类终于获得了珍贵的火种。

柯帝在人间游荡时，看见哥伦比亚河上有一个大大的堤坝，将鲑鱼都拦在了下游，柯帝细细探查后发现原来堤坝是五只母河狸修建的，于是运用神力，摧毁了堤坝。密密麻麻的鲑鱼从堤坝的破口处游了出来，河面都成了暗黑色。上游的人们吃上了美味的鲑鱼，都兴高采烈地说柯帝的好话。那五只可恶的母河狸被柯帝变成了芦苇，永远生长在水边。

柯帝教会了人们用网捞鱼，用木头做成鱼叉捕鱼，用火烤鱼做鱼干，还教人们用火炖鱼汤。柯帝对居住在大河两岸的人说："每到春季，鲑鱼会到河边产卵。你们应举行盛大的宴会欢庆鲑鱼的到来，然后要酬谢鲑神，向诸神祈祷。节日一共五天，在这五天里，你们不要用刀杀鲑鱼，只能把鱼放在火上烤着吃，如果大家按照我的话去做，保证你们永远有足够的鲑鱼。"柯帝和所有人一起过了一个盛大的节日——鲑鱼节。

柯帝在周游世界时，听说哥伦比亚河里有一只大水怪在为非作歹，就打算杀死水怪，为民除害。柯帝拿了许多柴火，又带了五把锋利的尖刀来到哥伦比亚河，找到了水怪。水怪知道柯帝本领高强，就藏在河底，不敢出来。

为了激怒水怪，柯帝用自己所知道的最恶毒的语言来骂水怪。水怪再也无法忍耐了，便钻出水面，一口气吞掉了柯帝。柯帝在水怪的肚子里见到了许多不知名的小动物，它们和柯帝一样都是被水怪吞掉的。柯帝笑着对这些动物说："你们不用着急，我们一起把水怪杀死吧。"说完，柯帝用随身携带的柴火，在水怪的肚子里生起了一把火。接着，柯帝又拿起尖刀，在水怪的心上割了一块肉，放在火上烤熟后分给动物们吃。动物们美美地吃了一顿。之后，它们一起用柯帝的尖刀割断了水怪的血管，把水怪的心脏放到火上烤。

就这样，柯帝和小动物们打败了水怪，恢复了自由。哥伦比亚河流域的人们再也不怕水怪的袭击了，柯帝成了他们心中的大英雄。

 **阅 读 心 得**

郊狼柯帝运用自己的智慧帮助人类获取了火种，打败了哥伦比亚河里的水怪，成为人们心中的大英雄。不管遇到多大的困难，我们都不要退缩，只要我们多动脑筋想办法，就没有解决不了的问题。

日神和月神

很久以前，宇宙中没有光明，到处是一片黑暗。为了结束宇宙的黑暗时代，众神聚集在特奥蒂瓦坎，共同商讨要如何给宇宙带来光明。

众神一致决定，要派一个神去执行这项任务，但是这项任务既艰巨又危险，该派谁去呢？就在众神犹豫不决时，勇敢的乔吉卡特里自告奋勇，承担下这项任务，他说："各位天神，为百姓造福是我们存在的意义，我愿意牺牲自己，为宇宙带来光明！但是这项任务实在太艰巨，只有我自己恐怕没有办法完成，我还需要一个助手，谁愿意来帮助我？"众神你看看我，我看看你，谁也没有说话。

这时，一位天神提议说："我建议让纳纳渥瓦辛去做乔吉卡特里的助手，大家同意吗？"其他天神听见这个建议，都看着纳纳渥瓦辛，期待地问："这个建议不错，不知道你愿不愿意呢？"

纳纳渥瓦辛坐在最不起眼的角落，他是众神里地位最低的。由于他的脸上和身上都长满了难看的疙瘩，其他神平时都很嫌弃他，不想让他靠近自己。纳纳渥瓦辛见其他神都看着自己，受宠若惊，他说："既然大家这么看得起我，愿意把这么艰巨的任务交给我，我一定会完成任务的。"其他神见纳纳渥瓦辛同意了，这才松了一口气。

很快，乔吉卡特里和纳纳渥瓦辛就在特奥蒂瓦坎附近的两座高山上设立了祭坛，烧起了熊熊祭火，举行了盛大的祭祀仪式。乔吉卡特里把自己收集的各种奇珍异宝都当作祭品贡献出来，有金光闪闪的金球，有五彩斑斓的宝石，有色彩艳丽的羽毛，还有多姿多彩的珊瑚……纳纳渥瓦辛没有珍贵的宝物，为了表示诚意，他砍了九根甘蔗，亲手编了几个草球，又把自己的鲜血涂在龙舌兰的叶子上当作祭品。

祭祀仪式整整进行了四天四夜。最后一个晚上，其他神来到了祭坛，他们把一件羽毛做的衣服送给了乔吉卡特里，又把一件纸做的衣服送给了纳纳渥瓦辛。其他神站在祭火的两边，乔吉卡特里和纳纳渥瓦辛则站在正中央。

神圣的时刻终于到来了。要给人间带来光明，乔吉卡特里和纳纳渥瓦辛必须要跳到熊熊烈火中。乔吉卡特里尝试了四次，但是每次他都因为害怕而退缩了，眼前的大火击退了他的勇气。轮到纳纳渥瓦辛了，他回头看了看乔吉卡特里，坚毅地冲他点了点头，随后毫不犹豫地跳进熊熊火焰中。烈火点燃了纳纳渥瓦辛的身体，在闪烁的火光中，纳纳渥瓦辛鼓励地看着乔吉卡特里，似乎在召唤着他。乔吉卡特里从纳纳渥瓦辛的目光中获得了勇气，再次来到祭火前，勇敢地跳了进去。

这时，天上的雄鹰看到了天神们的壮举，也义无反顾地投入了大火中。从此之后，雄鹰的羽毛变成了黑色。一只美洲豹也想跟随而去，被众天神拦了下来，但是它的皮毛已经溅上了火星。从此之后，美洲豹的皮毛上就留下了黑亮的斑点。

不一会儿，乔吉卡特里和纳纳渥瓦辛就消失在火焰中。众神围在祭火边，替他们祈祷，希望光明早日降临。

奇迹出现了，一道亮光从东方的天空中射来，刺穿了无尽的黑暗。渐渐地，东方的天空变成了红色，太阳升起来了。这个太阳是最先跳入火焰的纳纳渥瓦辛变成的。太阳在空中发出了耀眼的光芒，将大地照得暖洋洋的。众神看着天上的太阳，发出了惊叹声，他们冲着太阳高高地举起了双手，以示敬意。小动物们也兴奋地跳跃着，庆祝着光明的降临。这时，乔吉卡特里变成的月亮也从天边升起了。月亮的亮光像太阳一样耀眼，天空中出现了两个大火球。

太阳和月亮一起发出耀眼的光芒，地面的温度不断上升。动物们热得到处乱窜，它们向众神祈求道："太阳和月亮虽然带来了光明，但是现在实在太热了。请你们帮帮我们吧。"一位天神想了想，抱起身边的玉兔，向月亮扔了过去。月亮的光芒减弱了，地面上渐渐凉快了下来。

可新的问题又出现了，太阳和月亮一动不动地停留在天空中，地面上只有白天，没有黑夜。时间一长，不仅动物们受不了，连众神也不能忍受了。众神商议之后，决定追随纳纳渥瓦辛和乔吉卡特里的脚步，一同殉天献身，帮助太阳和月亮移动。

一个叫索洛特尔的天神不愿意奉献自己的生命，他偷偷地藏到了玉米地里，想要蒙混过关。被众神发现后，索洛特尔又逃到了龙舌兰地里藏了起来。众神又追到了龙舌兰地里，找出了索洛特尔。走投无路的索洛特尔跳进了河里，变成了一条鱼。众神将那条鱼抓了出来，杀死了临阵脱逃的索洛特尔。

之后，众神一齐奉献了自己的身体，他们变成了风，吹动了天上的太阳和月亮。从此之后，太阳和月亮轮流在天空中出现。白天太阳从东方升起，傍晚从西方落下。夜晚，月亮则会沿着自己的路线在天空中值班。

为了感谢日神和月神的付出，阿兹特克人在特奥蒂瓦坎修建了两座金字塔，大的那座献给了太阳，小的那座献给了月亮。

　　纳纳渥瓦辛和乔吉卡特里为了给人间带来光明奉献了自己的生命，变成了太阳和月亮。这种自我牺牲的精神令人敬佩。

人物档案册

人物：乔吉卡特里

性格：勇敢，慷慨大方，富有牺牲精神

众神决定派一个神给人间带去光明，在决定人选时，众神都犹豫不决，只有乔吉卡特里勇敢地站了出来，他愿意牺牲自己，为人间带来光明。设立祭坛后，乔吉卡特里毫不犹豫地把自己收藏的珍宝全都拿出来当祭品。他不仅慷慨地献出了自己的珍宝，还慷慨献出了自己的身体，也只为给世界带来光明。

人物：纳纳渥瓦辛

性格：勇敢坚定

面对熊熊祭火，乔吉卡特里有些犹豫，纳纳渥瓦辛却坚定地跳进了大火，他的勇敢坚定也极大地鼓舞了乔吉卡特里。

神女和灰熊

很久以前，大地一片荒凉。天神孤零零地守在天上，感到非常寂寞。于是，他用拐杖把天空钻出一个大洞，然后不断地朝洞里撒雪花和冰块。雪花和冰块落到地上后，慢慢堆积成山，一直顶到天上。后来，人们把这座山叫作沙斯塔。

天神来到沙斯塔山顶，顺着山坡往下走，走到半山腰时，他心里想："应该在山上种些树木。"于是，凡是他手指触摸过的地方都长出了树木和花草，而他脚下的积雪则融化成了一条条奔腾的河流。

天神还把他随身带着的拐杖折断，搓成大大小小的木屑，撒在山林和河水里，这些木屑就变成了在山里行走的野兽以及河狸、水獭和鱼。

野兽中最大的是灰熊。他们浑身长满了灰色的毛发，有着锐利的爪牙，不仅能用两只脚走路，而且会说话。灰熊的样子看起来很可怕，所以天神让他们住在远离自己的山脚丛林里。

后来，天神决定和他的家人搬到地上居住。他在山里生起一堆很大的篝火，在山顶钻了一个洞口，让烟和火星从洞口飞出去。每当他往火堆里添柴火的时候，大地就会震动，洞口也会飞出火花和浓烟。

有一年春天，天神和他的家人正围在篝火边闲谈，风神却把可怕的暴风派到地上，把山头刮得东倒西歪。大风不停地呼啸着，篝火的烟尘无法从山顶的洞口排出去，盘旋在山洞里，熏得他们眼泪直流。天神就对他最小的女儿说："到洞口那里，对风神说，请他轻点刮。再这样下去，我担心咱们的房子要保不住了。"

有机会出去逛逛，小姑娘当然开心了。

她的父亲又叮嘱她说："到了洞口，别把头伸出去，小心风神抓住你的头发，把你扔到地面上去。跟他说话之前，要先挥手打声招呼。"

小姑娘来到山顶的洞口，向风神转达了她父亲的意思。正当她准备转身回家时，她忽然记起父亲曾经说过，从他们家的屋顶可以看到海洋，她真想看一下海洋到底是什么样子。

于是，她从洞口探出头去四处张望，完全忘记了父亲的叮嘱。就在这时候，风神抓住她那长长的秀发，把她从山洞里拖出来，扔到了冰天雪地里。她跌落在森林与雪原交界的一片云杉林中。她那火红的长发在雪地里格外显眼。

给小熊们觅食的灰熊路过这里，发现了小姑娘，就把她带回自己的家，问她是谁，从哪儿来。灰熊对她很热情，还给她介绍自己的孩子——小熊们。这个红头发的小姑娘和小熊们一起吃饭，一起睡觉，一起玩耍，一起长大。

小姑娘终于长成一个大姑娘了。灰熊的大儿子和她结成夫妻。很多年过去了，他们生下了孩子。孩子身上的毛没有灰熊的那么浓，但长相也不像神。灰熊们为这个火红头发的妈妈和她的孩子们专门修了一间房子。房子离沙斯塔山很近，现在被称为小沙斯塔山。

这以后又过了许多年。灰熊知道自己快要死了，心里感到非常不安，因为他夺走了天神的小女儿。他决定把过去的一切都告诉天神，祈求他的宽恕。灰熊把所有的孩子召集到孙子们的新居，并派长孙到沙斯塔山顶求见天神，告诉天神早年丢失的小女儿现在的住处。

天神听后非常高兴，三步并作两步赶紧下山。他走得太快，脚下的雪都融化了，在面朝太阳的山坡小路上留下了巨大的脚印。

天神来到自己小女儿的住处，大声呼喊："我的女儿，你在哪里？"他以为，他的小女儿还是从前的小姑娘呢！

可是，当他看到小女儿已经生育了一群怪模怪样的孩子，意识到这些孩子都是他的外孙时，他愤怒到了极点。地球上出现了一个新的部族，他竟然一无所知。他恶狠狠地瞪了灰熊一眼，灰熊立刻就死了。他诅咒所有的灰熊："从今以后，你们都得用四条腿走路，再也不能说话，好好反省你们所犯的罪行。"

他把他的外孙们从房子里赶了出来，背上自己的小女儿，熄灭了山中的火种，又回到天上去了。而这些奇怪的生物——天神的外孙们却遍布大地，据说他们就是最早的印第安人的祖先。

阅 读 心 得

　　神女的一时好奇导致她远离了家人，最后被灰熊所救。灰熊收留了神女，还让神女与自己的大儿子结婚生子。灰熊遭到了天神的惩罚并祸及所有灰熊，还由此出现了一个新的部族。古代人的想象力真是让人啧啧称奇。

太阳鸟

　　相传很久之前，人类遭遇了一次毁灭性的灾难，只有一对男女侥幸活了下来。那时，太阳鸟也要飞走，大地即将重新陷入无边的黑暗。为了留住光明，这一对幸存的男女以自己的双腿为代价换得了一个具有魔力的篮子，把太阳鸟关在篮子里看管。从此之后，这一对男女成了只有上半身而没有下半身的残疾人。太阳也因为失去了太阳鸟的灵气而变得死气沉沉，终日停在东方的天空中一动不动。因此，世界上也没有了白天和黑夜之分。

　　那时，大地上还有两个有神力的超人，他们是一对兄弟，哥哥叫奥柯，弟弟叫奥琪。有一天，弟弟奥琪出去后很久都没有回来，奥柯就跑出去寻找弟弟。奥柯来到一条河边，他看见一个没有下半身的男人正在费力地捞鱼，他身边的渔网里有一条加勒比鱼。这条鱼正是奥琪变的，他想要偷走男人的金鱼钩，就变成鱼咬住了鱼钩，没想到却被男人抓到了网里。

　　奥柯认出了弟弟，于是马上变成一只大鹏鸟，冲男人飞了过去，想要救出自己的弟弟。男人冲大鹏鸟挥舞着木棍，奥琪则趁机跳回了河里。看见弟弟安全逃走了，奥柯又变成了一只小小的蜂鸟，偷走了男人的金鱼钩。得到金鱼钩的奥柯变回人的模样，把金鱼钩挂在耳朵上，出现在男人面前。这时他发现了那个篮子。从两人的聊天中，奥柯知道篮子里装着一只神奇的太阳鸟，于是打起了太阳鸟的主意。

奥柯问道："我想要买你的太阳鸟，不知道你想要用什么来交换呢？"男人说："什么也不换。这太阳鸟是我和妻子用双腿交换来的，也是我们最珍贵的宝物，绝对不会卖给别人的。"

奥柯想了想，又说道："我能够让你和妻子重新获得双腿，你看这个条件怎么样呢？"

男人的眼睛一亮，他已经过够了没有腿的日子，日日夜夜都在思念着自己失去的双腿。现在这个机会就在眼前了，要不要答应呢？男人犹豫了片刻，还是拒绝道："虽然我很想得到双腿，但是太阳鸟实在太珍贵了。万一有什么差池，我们就失去光明了。"

奥柯立刻保证道："我会像你一样将太阳鸟看管好的。"

听了奥柯的保证，男人这才决定用太阳鸟来交换双腿，于是带着奥柯回到了家。奥柯用泥土捏成了男人和女人的双腿，男人和女人又变成了健全的人。男人小心翼翼地把装太阳鸟的篮子递给了奥柯，嘱咐道："千万不要打开盖子，不然太阳鸟会飞走的。"

奥柯提着装有太阳鸟的篮子满心欢喜地回到家，这时弟弟奥琪突然出现在他面前，两只眼睛死死盯住了篮子。奥柯把太阳鸟的秘密告诉了奥琪，还千叮咛万嘱咐不要打开篮子的盖子。可是奥琪真是太好奇了，有一天，趁奥柯不在，奥琪偷偷把篮子的盖子打开了一条缝隙，他心想："我就从小缝里看一下，应该不会有事的。"可是这缝隙实在是太小了，奥琪什么也看不见，他不由自主地掀开了盖子。

说时迟那时快，还没等奥琪看清楚，太阳鸟就从篮子里飞了出来，消失在天空中。天空顿时布满了乌云，太阳消失了，倾盆暴雨从空中泻下，无尽的洪水在大地上肆虐，冲塌了大山，冲走了万物，那对男女也被压在了倒塌的大山下。

奥琪知道自己闯下了大祸，躲在一座没有被洪水淹没的高山上忏悔。而可怜的奥柯则变成了一只蝙蝠，去寻找太阳鸟。

可怕的大洪水退去后，永恒的黑暗代替了光明，因为太阳已经不知所踪。奥柯找遍了所有地方，依然没有找到太阳鸟。他已经累得精疲力竭，于是派出忠诚的极乐鸟去寻找太阳鸟。

极乐鸟向东方天空的尽头飞去，它知道太阳鸟经常待在那里。可是这次，极乐鸟却没有找到太阳鸟。正当极乐鸟想飞回大地时，一阵狂风吹来，卷着极乐鸟来到了地球的另一端。在这里，极乐鸟看见了正在玩耍的太阳鸟，它喜出望外地飞了过去，用云彩把太阳鸟包了起来，把它扔回了大地。

被云朵包住的太阳鸟落在了地上，像球一样滚了起来。一只小猴子看见这奇怪的球，就好奇地拆开了云彩。太阳鸟重新飞到了天空中，大地也重新迎来了光明。奥柯怕太阳鸟再偷偷逃跑，就让极乐鸟一直在天空中追逐太阳鸟。在极乐鸟的追逐下，太阳鸟每天东升西落，一分钟都不敢懈怠。有时候，太阳鸟会被极乐鸟追上，它的光芒被遮住后，大地上就会出现日食现象，等它挣脱后，太阳又会在天空中出现。

太阳恢复原样后，奥柯找到了自己的弟弟奥琪，他说："我们闯了祸，使大地陷入混沌，现在是我们补偿的时候了。从今以后，我往西边走，你往东边走，我们一起让大地恢复生机。"

告别弟弟后，奥柯一路朝西走，他一边走一边修整被洪水毁掉的大地。最后，奥柯来到了那对男女被压的地方，劈开大山，救出了男人和女人。为了补偿这对男女，奥柯教会了他们耕种、饲养、捕猎和生火的技能，并让他们永远记住这个重获新生的日子。

奥琪因为好奇不小心放走了太阳鸟，造成了巨大的灾难。奥柯为了挽回损失，派极乐鸟找回了太阳鸟，和弟弟一起修整了大地，拯救了人类。每个人都有可能犯错，如果错误已经发生，我们就不要再懊悔，而是要吸取教训，改正错误，并积极想办法弥补造成的损失。

情 节 档 案

起因：人类遭到毁灭性的灾难后，一对幸存的男女为了留住光明，将太阳鸟放在篮子中精心看管着。

经过：哥哥奥柯想方设法换来了太阳鸟，弟弟奥琪因为好奇太阳鸟的样子，打开篮子盖看时，不小心放走了太阳鸟，太阳消失了，世界陷入黑暗，大地上洪水肆虐，人们饱受苦难。

高潮：奥柯为了弥补犯下的过错，开始了寻找太阳鸟之旅。他变成了蝙蝠四处寻找太阳鸟，因到处都找不到太阳鸟，自己又筋疲力尽，只好派出极乐鸟去寻找。最终太阳鸟被找回，重新回到天空中，光明再次降临。

结局：奥琪和奥柯一人向东走，一人向西走，让大地恢复了生机，人类学会了耕种、捕猎等技能，重获新生。

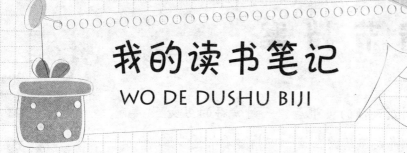

我的读书笔记
WO DE DUSHU BIJI

作品名：《世界神话传说》

主要人物

普罗米修斯——一位为人类盗取火种而勇敢执着、不怕牺牲的神。（出自《被缚的普罗米修斯》）

荷鲁斯——一个勇敢坚毅的男子汉，替父亲报仇，并最终夺回了王位。（出自《王位之争》）

帕查卡马克——美洲神话中的创世主，创造了世界和人类。（出自《创世主帕查卡马克》）

内容概述

本书精选了世界各地的神话传说，这些神话传说已经流传了千百年，是人类文明的结晶，也是全人类的文化瑰宝。书中有讲述世界和人类起源的神话，如《被缚的普罗米修斯》《女娲造人补天》《创世主帕查卡马克》等；也有讲述英雄人物事迹的神话，如《夺取金羊毛》《大禹治水》《后羿射日》等。这些神话故事情节曲折有趣，人物个性鲜明，让人印象深刻。

好词积累

飞禽走兽　　筋疲力尽　　不屑一顾　　喃喃自语
有气无力　　茹毛饮血　　各司其职　　无功而返
受宠若惊　　风驰电掣　　合不拢嘴　　美轮美奂

佳句集锦

① 盘古死后，他的眼睛变成了太阳和月亮，永远地挂在了天空中；他的千万缕头发变成了点点繁星，在夜里闪烁不停；他的血液变成了江河，奔腾不息……

② 黑暗的美洲大地终于迎来了第一缕光线，光线穿过荒原，穿过荆棘，穿过湖泊，照在了大地上。

我的收获

① 善良和谦虚是永远不令人厌恶的两种品德。
② 遵守规则，不要随便破坏规则，否则可能招来灾难。
③ 勇敢、坚定、执着和无畏是取得成功必不可少的条件。
④ 我们要常怀感恩之心，珍惜已经得到的东西。

推荐理由

不同民族的神话故事有自己的民族特色。我们可以从独特的人物形象和故事情节中感受到浓郁的民族风情，获得不一样的启迪和享受。

读《世界神话传说》有感

暑假里，我偶然从书架上发现了一本关于世界神话传说的书，我才读了几个故事就被深深吸引住了，于是迫不及待地读完了这本书。在这本书里，我读到了许多大洲的神话传说，真让人大开眼界。

在这本书里，我读到了许多关于天地开辟的神话。天地是谁创造的？人是怎么来的？万物是怎样产生的？这样的困惑几乎在全世界各民族发展的早期都存在。在生产力低下的远古时代，人们对身边很多现象充满困惑，就借助幻想和揣测来解释，于是产生了种种创世神话，比如《诸神之王奥丁》《盘古开天地》《创世主帕查卡马克》……在这些故事里，我看到了人类对大自然的崇敬。在很多神话传说中，太阳、月亮、星星、风、雨、雷、电等自然界的事物或现象都变成了至高无上、受人敬仰的神灵。

我也读到了许多英雄的传说，例如为了人类盗取火种的普罗米修斯，为了百姓射死太阳的后羿，为了救母亲历经千辛万苦的大鹏金翅鸟，等等。这些英雄敢于斗争、不怕失败、不惧牺牲的勇气让人深感佩服。他们用自己的力量战胜灾难、拯救人类的决心让人心生敬意。

在这些故事里，我看到了善良与邪恶、光明与黑暗之间的交锋。善良的人必将取得最后的胜利，光明总会战胜黑暗，这些故事给了我们希望，也让我们产生信仰。

在这些故事里，我也看到了勇敢的力量，勇往直前的人最终获得了成功，勇敢的牺牲者们用自己的生命换来了美好生活，比如《夺取金羊毛》中的英雄伊阿宋凭借自己的勇敢和机智战胜了神牛和巨龙，夺取了金羊毛，最终夺回王位，替父亲报了仇。再如《日神和月神》里的日神和月神牺牲了自己，换来了光明。这些神话传说是人类宝贵的精神财富，它们流传了千百年，给许许多多的人带来希望，滋养了一代又一代人。让我们一起去领略远古时代的旖旎风光，激发内心潜藏的想象力和创造力吧！

《世界神话传说》读后感

几天前，我看完了一本叫《世界神话传说》的书，里面收录了很多来自世界几大洲的古老神话传说。读完这本书，我知道了远古时代的很多"神"的故事，也知道了很多英雄的传说。这些故事中的人物和情节让我时而为之感动，时而为之叹息，时而为之愤怒。

最令我感到愤愤不平的是普罗米修斯的故事。普罗米修斯把火种带到了人间，让人们获得了光明和温暖，造福了人类。然而可恶的宙斯竟然把他锁在高高的悬崖上，让他忍受着日晒或雨淋，不得片刻休息。这还不够，宙斯还让神鹰白天啄食普罗米修斯的肝脏，晚上普罗米修斯的肝脏再长出来后，第二天白天又会被神鹰啄食，周而复始。这是多么痛苦的一件事呀！不过，令人欣慰的是，普罗米修斯最终摆脱了这种无尽的痛苦。

最令我感动的是巨人盘古。他用巨斧把天和地分开，为了让天和地不再合到一起，他头顶天，脚踏地，一直坚持了一万八千年。盘古死后，他的身体化为自然万物，他用身体创造了一个美丽的世界。他的勇于牺牲、无私奉献的精神何等可贵，值得我们每一个人学习。

看完这本书，我也从中学到了不少道理。我明白了权力是暂时的，它并不能控制一切，掌握一切，如果狂妄自大、得意忘形，最终也许会一无所有。我也懂得了一时的贫困、一时的挫折，并不代表自己的未来就一直贫困，只要鼓起勇气，积极面对困难，坚定战胜困难的决心，我们的未来将无限美好。